석남사 도토리

이문길

머리말

나는 처음 이 책의 제목을 『원님 덕에 나팔 불다』라고 하고 싶었다. 시끄러워하는 줄도 모르고 평생 나팔을 불었으니 나 때문에 고생한 사람들을 생각하면 미안하고 부끄럽다.

그러나 다행히 나의 원님은 사람이 아니고 하늘이다. 평생을 쳐다보아도 아무 말도 소리도 없는 그 하늘을 보고 나는 나팔을 불었다.

지금 내가 들고 있는 나팔은 오래되어 고장이 나 불어도 소리가 나지 않는다. 찌그러진 헌 나팔을 어디 버릴 곳도 없어 할 수 없이 들고 있다. 내 원님은 끝이 없는 하늘이다. 못 쓰는 헌 것을 가져갈 곳이 있다는 것은 얼마나 다행한 일인가.

나는 처음부터 내가 나팔 부는 사람으로는 부적한 사람이라는 것을 알고도 나팔을 불었다. 세상에 난 것이 부적하고 사는 것이 부적하고 죽는 것도 부적한 사람이었다. 그래서 내 나팔소리는 시도 아니고 소설도 아니고 수필도 아니고 동시도 아니었다. 시끄러운 잡음이었다.

나팔은 원래 원님 있을 때 불어야 하지만 나는 언제나 원님 지나간 뒤에 혼자 나팔을 불었다. 그러니 불어도 소용없는 나팔이었다.

머리말을 쓰라고 하여 또 나팔을 불었는데 걱정이 된다.

차 례

섬

물이 없으면 섬도 없다는 것을 나는 세상 살다가 알았다.
나는 어릴 적 배가 물 위에 뜨는 것이 이상했다.
사람이 배를 타고 오고 가는 것이 신기했다.
나는 물속에 있는 땅과 물 위에 있는 땅이 다른 줄 알았다.
나는 내가 물 위에서 숨 쉬며 살고 있는데 물속에 사는 것은 어떻게 물속에서 숨 안 쉬고 살고 있는지 그것이 궁금했다.
나는 늦게야 알았다, 물 위에서 사는 것은 물속에 못 살고 물속에서 사는 것은 물 위에서는 살 수 없다는 것을. 누가 그렇게 했는지 알 수가 없었다.
나는 물속에서 놀다가 물속에는 섬이 없다는 것을 알았다.
그리고 물 위에도 세월이 흘러가고 물속에서도 세월이 흘러간다는 것을 알고 세상이 허무했다.
나는 세상 어디에도 숨어 있을 곳이 없다는 것을 알았다.
물속에서 흘린 눈물은 물 때문에 안 보이고 물 밖에서 흘린 눈물은 바람 때문에 안 보인다는 것을.
나는 어릴 때 물고기들이 잡혀 나와 허덕이다 죽는 것을 보고 내가 물 위에 사는 것이 고마웠다. 그러나 나는 아직 모른다.

내가 왜 물 위에 살고 있는지.

나는 아직 모른다, 물속에 잠겨 있는 것은 섬이 아니고, 왜 물 위에 남아 있는 것이 섬이 되는지 그리고 왜 섬이 배처럼 떠다니면 안 되는지.

소똥구리

나는 가끔 왜 소똥구리 같은 것으로 태어나지 않고 사람으로 났을까 하는 생각을 할 때가 있다. 세상에는 수많은 생명이 존재하는데 왜 사람으로 태어나 고생하는지 단 한 번뿐인 생이 왜 하필 사람인지 알 수가 없다. 내가 사람으로 태어나 세상의 주인이라고 잘못 생각하고 산 것은 아닌지 걱정이 될 때도 있다.

그래 가끔 나는 사람 말고 소똥구리로 태어나 소똥이나 굴리며 살았으면 얼마나 편할까 하는 생각을 한다. 뜨거운 여름 한낮 소똥 뭉치 하나를 만들어 굴려 집으로 가져다 놓고 쉬고 있으면 얼마나 편할까. 세상 눈치 보지 않고 소똥이나 먹고 살면 세상 사는 것 걱정하지 않고 살 수 있겠다고 생각한다. 물론 소똥구리도 소똥이 없으면 살 수 없고 소도 풀이 없으면 살 수 없고 풀도 땅이 없으면 살 수 없고 새도 날개가 없으면 날 수 없고 구름도 바람이 없으면 흘러가지 못한다는 것은 알지만 세상이 왜 그렇게 되었는지는 아직 알 수가 없다.

나는 가끔 하나님이 왜 천지를 창조했을까 하는 생각을

한다. 세상을 보고 있으면 하나님도 참으로 할 일이 없었구나 하는 생각을 지울 수 없다. 무엇이 좋다고 세상을 만들었는지 알 수가 없다. 혹시 하나님도 나 같은 쓸데없는 시인은 아닌지 궁금할 때가 많다. 사실 시인만치 할 일 없는 것도 없다.

그러다 나는 또 하나님은 왜 마누라가 없었을까 하는 생각도 한다. 하나님도 결혼해서 살다가 나 같이 마누라를 먼저 떠나보내고 쓸쓸해서 세상을 창조한 것은 아닌가 하는 생각도 한다. 시인은 쓸쓸하고 고독해야 시를 쓰듯 하나님도 혼자 사니 쓸쓸해서 세상을 창조한 것은 아닌지 하는 생각이 든다. 그리고 하나님은 나 같이 늙도록 혼자 사니 심심해서 무엇인가 쓸데없는 것을 창조하고 있는 것은 아닌지 걱정이 된다. 보지도 못한 병이 자꾸 생기니 말이다. 그리고 나는 나 같이 창조된 것이 무엇하려 영생을 하려고 하는지 이해할 수가 없다. 늙어 죽지 않으면 태어난 아이들이 어떻게 세상을 살지 걱정도 안 하는 것 같다.

그래 내가 혹시 이 세상에 다시 올 수 있다면 그때는 소똥구리로 태어나 소똥이나 굴리며 살면 좋지 않을까 생각하고 있다. 그러나 소똥도 동그랗게 뭉치는 것은 힘든 일이고 또 너무 크게 뭉치면 굴리기 힘들고 똥도 없는 짚뭉치 같은 것을 굴려보았자 소용없는 일이라는 것을 알고 있다. 더욱이 소똥 도둑놈이나 강도 같은 것이 있어 빼앗길 수도 있고 새가 날아와 소똥은 두고 소똥구리를 잡아가면 소똥구리로 태어난 것이 헛일이 되지만 그래도 소똥구리를 보면 웬일인지 자꾸 소똥구리가 되고 싶다.

나는 늙으면 일 안 하고 살 수 있도록 구석에 소똥 뭉치 한 개를 숨겨 놓았다. 볕 안 드는 깊은 구멍 속에서 쉬면서 소똥이나 먹으며 아무도 모르게 세상 살다 떠났으면 좋겠다고 생각하고 있다.

금달래

내가 국민학교에 들어가기 전 우리 집에 자주 오는 단골 무당이 있었다. 큰길 건너 이웃 동네에 혼자 살았는데 엄마는 그 무당이 잘 맞힌다고 하여 그 무당과 친하게 지냈다. 나는 그때 엄마가 무엇을 묻고 그 무당이 무엇을 맞췄는지 모른다. 우리는 그때 아버지가 죽고 빈집 같은 커다란 기와집에 일하는 누나와 셋이 살고 있었는데 우리 식구는 그 무당이 오면 모두 반가워했다.

엄마는 그 무당이 오면 밥을 잘 차려주었고 우리들 모르게 용돈도 주었다. 엄마는 무엇인가 답답한 일이 있으면 누나에게 그 무당을 불러오게 했다.

그 무당은 우리 동네에서는 모두가 잘 아는 무당으로 '금달래' 라고 부르며 천히 여겼다. 나는 그때 그 여인을 왜 금달래라고 불렀는지 지금도 모른다. 아마 동네를 별 하릴없이 돌아다닌다고 그런 이름이 붙여지지 않았나 생각될 뿐이다. 금달래는 다른 무당처럼 화장도 하지 않고 굿도 하지 않았다. 옷도 무당 옷을 입지 않고 부엌일 하는 누나같이 때 묻은 헌 치마를 입고 다녔다. 나는 그 무당이 오면 무엇인지 좋은 소식을 알려줄 것 같아 반가웠다. 그 무당의 눈이 약간 이상하여 무서울 때도 있었지만 나는 때 묻은 옷에서 누나와 같은 냄새가 나서 좋았다.

그러던 어느 날 금달래가 우리 집에 왔는데 나를 보더니 예수 귀신이 붙었다고 하며 나를 보는 눈이 이상했다. 나는 너무 놀랐다. 왜냐하면 그 금달래가 나의 행적을 알아맞췄기 때문이다. 지금 생각해도 어떻게 알았는지 모르겠다. 그때 나는 우리 동네 아이들과 크리스마스가 가까워져 오자 하나밖에 없는 동네 교회에 모여갔다. 교회에서는 우리가 오면 반가워하며 사탕도 주고 떡도 주었다. 그뿐 아니다. 우리는 풍금 소리에 맞춰 노래도 불렀다. 연극도 했다. 나는 그때 교회에서 주는 사탕이나 떡 같은 것은 정말 하나님이 주는 줄 알았다. 그래서 우리는 선물을 받을 때마다 모두 좋아했다. 그러나 그 후 얼마 지나지 않아 그 선물이 마을 가난한 사람들의 헌금으로 마련됐다는 것을 알고 선물이 싫었고 먹어도 잘 넘어가지 않았다. 우리는 크리스마스가 지나 교회에서 먹을 것을 주지 않자 교회에 가지 않았다. 나는 그때부터 교회 살림을 어떻게 하는지 알게 되어 교회에 가기 싫었다.

엄마와 금달래는 오랫동안 잘 지냈는데 엄마는 어느 날부터 그 금달래를 못 오게 했다. 엄마가 궁금하여 물어본 것을 하나도 맞추지 못하고 엉뚱한 말만 자꾸 하였기 때문이다. 동네에서는 금달래를 따라다니던 신이 떠났다고 했다. 동네 사람들은 금달래를 더 이상 부르지 않았고 그 무당이 어떻게 지내는지 아는 사람도 없었다. 나는 내게 예수 귀신이 붙었다고 하던 그 무당이 보고 싶었다. 나는 그 무당을 보면 이제 예수 귀신이 떠났다고 말하고 싶었으나 할 수가 없었다. 그 후 얼마 지나지 않아 금달래가 죽었다는 소문을 들었다. 밥을 얻어먹지 못하여 굶어 죽었다고 했다. 그가 죽은 지 며칠이 지나서야 알았다고 했다. 나는 엄마가 거두어주지 않고 냉대한 것이 원망스러웠다.

나는 지금도 이따금씩 어릴 적 일이 생각나면 그 점 못 치던 불쌍한 금달래가 생각나고 보고 싶어진다. 내 몸 어디에선가 자꾸만 그 금달래 냄새가 나는 것 같아 그리워 진다.

해

나는 해는 그림자가 없는 줄 알았다. 산 그림자, 나무 그림자, 지나가는 사람 그림자도 있지만 해는 그림자가 없는 줄 알았다. 생명을 탄생시키고 하늘을 지키는 해. 해는 항상 밝은 모습으로 웃고 있는 줄로만 알았다.

해는 동쪽 산 위에 떠서 서쪽 산 위를 넘어간다. 나는 평생 해가 왜 떠서 지는지 모르고 살았다. 해가 무엇 하러 하늘에 떠 있는지도 모르고 살았다. 그러던 어느 날 나는 문득 해가 나 때문에 고생한다는 생각이 들었다. 하루종일 나를 따라다니며 걱정하는 해. 해가 나 때문에 근심으로 그늘져 있는 것은 아닌가 하고 저녁이면 서쪽 하늘에 지는 해를 바라보게 되었다. 나는 그때 분명히 보았다. 해의 그늘져 있는 얼굴을. 슬픈 모습으로 있는 해를 보았다. 그리고 해도 언젠가는 할 일을 다 하면 생명이 없는 허공으로 떠난다는 것을, 그 슬픔을 알고 있다는 것을, 나와 헤어져 멀고 먼 곳으로 간다는 것을 알았다.

나는 할 수만 있다면 해를 신으로 모시고 싶었다. 해가 없으면 달빛도 별빛도 없고 땅에 생명이 존재할 수도 없다는 것을 알고 해를 신으로 모시고 싶었다. 그러나 해는 내가 아무리 바라보아도 아무 말 하지 않고 동쪽 산 위에 떠서 서쪽 산을 넘어갔다.

나는 옛날 해를 모시고 살던 나라에 한번 가보고 싶었다. 지금은 폐허가 된 해의 신전이 있던 나라. 거기 살던 사람들이 무슨 잘못을 했는지, 해가 왜 사라져가는 민족의 모습을 보고도 아무 말 안 했는지, 거기 가면 해의 그늘을 볼 수 있을 것 같아 가보고 싶었다.

세상에는 온갖 신이 있다. 우리나라에는 불교, 기독교, 유교 같은 것이 있고 외국에는 원숭이, 악어, 소를 신으로 믿고 사는 사람도 있다. 나는 사람들이 왜 신을 만들어 모시고 사는지 알 수가 없었다.

나는 사람들이 동해로 해를 맞으러 간다고 허둥대는 모습을 볼 때마다 인간의 뒷모습이 처량하게 보인다. 사람들은 해 뜨는 동쪽으로 몰려가더니 이제는 그믐이면 지는 해를 보러 간다고 서쪽으로 몰려간다. 그러나 해는 언제나 아무 말 안 하고 떠서 아무 말 안 하고 진다. 나는 제야의 종소리가 세월이 내는 신음 같이 들린다.

나는 해를 볼 때마다 생명은 해같이 아무 말 하지 않고 살아야 한다고 생각한다. 생명이 있을 때 생명을 누리며 살아야 한다고 생각한다. 울지 말고 잘 살아야 한다고 생각한다. 해가 언제 나 하늘에 살고 있다고 말한 적이 있었던가.

나는 오늘도 하늘에 있는 해를 보고 말한다. 나 없을 때 있으니 나 있을 때 오너라. 그리고 다시 말한다. 나 없을 때도 오너라. 나 없어도 있는 것 같이 오래도록 하늘에 떠 있거라.

내 남편 내 낭군

물질하러 가는 해녀에게
잠수복을 입혀주는 남자를 보고
PD가 물었다
누구입니까
해녀가 말했다
내 남편 내 낭군입니다

나는 순간 햇빛으로 그을고
오랫동안 고생한 여인의 눈 속을 들여다보았다
아아 그 눈 속에서 남편을 사랑하고
조금도 의심 없이 세상을 바라보는
따스한 눈빛을 보았다
나는 그 여인을 세상에서 제일 아름다운 여인
내가 사랑하지 않을 수 없는
여인임을 알았다
나는 그런 여인이 아직 세상에 있다는 것이
고마웠다

나는 다음 남편을 바라보았다
그리고 속으로 말했다
잠수복을 입은 저 여자는 누구입니까
나는 듣고 싶었다 이렇게 말하기를
내 여편네 내 호박꽃입니다
나는 남편이 이렇게 말하기를 기다리며
그의 눈 속을 살폈다
그러나 그의 눈은 희미하고 말도 못하는
환자의 얼굴이었다

나는 바닷가에 서 있는 그 부부를 바라보며
세상을 바라보았다
그리고 세상 여인을 바라보았다
그러나 그 해녀 같은 여인은
지금 세상에는 없었다

풀꽃

하루가 밝았다. 흰 구름 떠 있는 수락산 북쪽 가까운 개울가 풀숲에는 오목눈이 새 떼 우는 소리가 들렸다. 내가 매일 다니는 산책길인 의정부 고산지구 철로 공사가 끝난 들녘길은 인적이 없었다. 나는 그 길 끝 돌 축대에 앉아 까치 까마귀 산새 우는 소리를 들으며 하늘을 바라보는 것이 하루 중 제일 평안하고 행복했다.

그날도 잠시 길가에 앉아 들 끝에 있는 공원묘지를 바라보고 하늘을 쳐다보고 내 앞을 보다가 깜짝 놀랐다. 언제 피었는지 아주 작은 풀꽃 수백 개가 한꺼번에 활짝 피어 나를 보고 있었다. 마치 누군가가 내게 주려고 기다리다 가져온 선물 같았다. 하얗고 조그마한 꽃은 너무 아름다웠다. 어저께까지도 보지 못한 풀꽃. 그 풀꽃을 보며 나는 세상에 와있는 행복을 느꼈다. 살면서 한 번도 느껴보지 못한 행복. 그 어떤 종교에서도 알지 못한 행복. 언젠가 대구 공항에 내렸을 때 황수관 선생님이 나 하나 보고 활짝 웃어주던 그 웃음을 보고 행복했을 때와 같았다.

그날 나는 내일 다시 와서 보리라 생각하고 집으로 왔

다. 그러나 그것이 잘못이었다. 이튿날 그곳에 와서 기다렸으나 꽃은 피지 않았다. 너무 이른 시간에 잘못 온 것은 아닌가 하고 기다렸으나 꽃은 피지 않았다. 혹시 그와 같은 꽃이 길거리 화단이나 잔디밭에 있는지 살폈으나 같은 풀은 어디에나 있었으나 꽃은 피어있지 않았다. 그 때부터 나는 길거리를 지날 때마다 혹시 꽃핀 것이 있는가 보았으나 없었다. 내가 그 꽃 이야기를 산책 다니는 분에게 했더니 꽃 피었을 때 핸드폰으로 사진을 찍어두지 하고 안타까워했다. 그 후 나는 이름 모를 풀도 아름다운 꽃을 피울 수 있다는 것을 알고 풀밭을 살펴보는 버릇이 생겼다. 좀씀바귀 같은 것은 노란 것, 흰 것, 보라색 꽃도 있었다. 때가 되니 노오란 좀씀바귀꽃이 무더기로 피어나 너무 아름다워 사진을 찍어두었다. 쑥대궁이를 꺾어 오기도 하고 이름 모를 풀 같은 것도 꺾어와 병에 꽂아두고 꽃 피기를 기다렸다.

그 후 가을이 가고 찬 바람 부는 한겨울. 내가 본 그 풀꽃에 얼마나 많은 꽃이 피었던가 하고 꽃 꼬투리를 살펴보니 한 줄기에 800개가 달려 있었다. 그 작은 800개의 꽃이 한꺼번에 잠시 피어 나를 보고 있었다고 생각하니 나는 다시 한번 행복했다.

나는 그 풀꽃을 본 후 세상은 울며 사는 곳이 아니라는 것을 알았다. 억 만년 세월 속에 잠시 존재했다 사라져도 행복하다는 것을 알게 되었다. 잠시 보여준 그 화안한 웃음. 나도 풀 같은 생명이지만 세상의 온갖 생명 속에서 웃으며 살 수 있다는 것을 알았다.

나는 아직 그 풀꽃 이름이 무엇인지 모른다. 이 글을 쓰면서도 그 풀꽃을 생각하면 살아있는 것이 행복하다.

칙칙폭폭

기차길 옆 오막살이 아기아기 잘도 잔다. 칙칙폭폭 칙칙폭폭 기차 소리 요란해도 아기아기 잘도 잔다. 새벽 두 시 잠 깨어 창밖을 내다보니 아파트가 객차 같다. 대부분 불 꺼져 있으나 밤새도록 불 켜진 집도 있다. 참으로 먼 길을 모두 객차 타고 온 것 같다. 불 꺼진 집은 손님을 내려 주고 온 빈객차 같다. 어디에서 환승하고 온 사람들 모두 고단한 것 같다.

나는 아내를 떠나보내고 빈집 같은 집에 혼자 서성이며 살고 있다. 어디론지 떠나지 못하고 기차가 갈 때까지 기다리며 살고 있다. 옛날 칙칙폭폭 칙칙폭폭 증기기관 완행열차가 가다가 쉬고 있는 시골 정거장 그 객실 나무 의자에 앉아 기차 떠나기를 기다리며 살고 있다. 한밤중에 어디로 가는지 꽥액 소리 지르며 급행열차가 지나가고 나면 가려고 기다리는 시골 정거장에 있는 완행열차. 졸다 깨어 내다보는 아파트는 캄캄한 산중에 쉬고 있는 객차 같다.

어저께도 이삿짐 차가 와서 사다리 오르내리는 소리가 들리더니 누군가가 이사를 갔다. 누가 갔는가 문 열려 있는 빈 집안을 들여다보니 참으로 스산하다. 쓰레기장에 혹시 쓸만한 것이 있는가 가보니 농짝도 있고 의자도 있고 매트리스, 빈 화분도 있다. 떠날 때마다 버리는 것이 왜 그리 많은지 모르겠다.

나는 우리 집 앞에 누가 사는지 아직 모르고 있다. 아이들 소리가 나더니 조용해지고 새 사람이 살러 오는 것 같더니 한 해 지나지 않아 또 어디로 가는지 이사를 했다. 누가 사는지 모르니 엘리베이터 안에 마주 서 있지만 인사도 안 한다.

우리 집에서 창밖으로 보이는 앞산에도 무엇인가 왔다 가는 것 같다. 겨울이면 커다란 노루가 양지쪽에 와서 자고 갔는데 어디로 갔는지 보이지 않는다. 순환도로가 생기면서 굴이 뚫리고 복토해 놓은 곳에 꽃들이 와서 살다가 간다. 애기똥풀이 피어있더니 어디론지 가고 기생초가 와서 살고 있더니 가고 지금은 노오란 금계국이 가득 피어 가지 않고 살고 있다. 금계국은 북미 텍사스에 살던 꽃인데 안 가는 것을 보면 자리 잡아 살려고 하는 것 같다.

나는 원예사였지만 달마다 무슨 꽃이 피는지 잘 모른다. 나는 모를 때는 아내가 좋아하는 화투를 생각한다. 1월은 한겨울이라 꽃이 없고 2월은 매화, 3월은 벚꽃, 4월은 흑싸리, 5월은 난초, 6월은 목단, 7월은 홍사리, 8월은 공산이고 9월은 국화, 10월은 단풍, 11월은 모르겠고 12월은 오동나무 똥통이다. 겨울이 될 무렵 꽃 같지 않은 꽃양배추가 있지만 나는 꽃으로 여기지 않는다.

우리 아파트는 여인숙 같다. 경기도, 경상도, 충청도, 전라도 그리고 멀리 제주도가 고향인 여인이 손주를 돌봐준다고 와서 살고 있다. 새벽 3시, 아직 불 끄지 않고 켜 둔 집이 있다. 환승하려고 짐 싸는 집인지 모르겠다. 언제 떠나려나 캄캄한 산속에 서 있는 객차 같은 아파트. 새벽 4시쯤 흰 연기를 뿜으며 꽥액 소리를 지르고 떠나려나 창밖을 내다본다.

아파트

위층에 사는 아기 발소리가 듣기 좋아
아기 어머니에게
마음대로 뛰고 놀게 하라고 했는데
해가 갈수록 조용해지더니
이제 아무 소리도 들리지 않는다

아기가 다 커 버렸는지
아무 소리도 들리지 않는다

몇 년 전 이사 간 남자는
어른이 자꾸 쿵쿵대며 걸어
속이 상해 올라가 얘기했더니
밉다고 더 쿵쿵대다 이사를 했다

이제 그 발소리 듣고 싶다
죽으면 없는 소리 떠나면 없는 소리

아내 떠나고 혼자 사니
사람 소리 듣고 싶다
아기 우는 소리
쿵쿵대며 뛰는 사람 발소리

지남철

어릴 적부터 꼭 한번 만들어 보고 싶은 것이 있었다. 지남철이다. 지남철도 그냥 지남철이 아니고 금을 붙이는 지남철이다. 가끔 포천 산골짝 폐광 아래에서 나는 개울에서 낚시하고 아들은 사금을 채취했다. 나는 낚시를 하면서도 아들이 어떻게 금을 채취하는지 몰랐다. 아들은 회사에서 쉴 때면 혼자서도 사금을 채취하러 갔다. 아들의 채취 도구는 작은 세숫대야 같은 것과 작은 삽 하나가 전부였다. 그것으로 개울가에 있는 흙을 퍼 담아 쌀 씻을 때 작은 돌 같은 것을 가려내듯 남은 것들 속에서 금을 가려내는 것이었다. 나는 제거한 돌 속에 금가루가 있는 것을 한 번도 보지 못했다. 내가 처음 낚시하러 갔을 때는 아들과 같은 할 일 없는 젊은이들이 몇 있었다. 한번은 금 채취하러 온 젊은 사람이 낚시하고 있는 내 옆에 있는 흙을 퍼 담아 깜짝 놀랐다. 나는 그곳이 산 속이라 어디인지 모르나 마을 이름이 '금주리'라 옛날 금광이 있었던 것은 틀림없다고 생각했다.

어느 날 나와 아들은 폐광이 있는 굴 앞까지 가보았으나 철책으로 막혀있어 들어가 보지 못했다.

나는 거기 한 번 다녀온 후 다시 한번 어릴 때 생각한 금 달라붙는 지남철을 만들어 보면 어떨까 생각하게 되었다. 더욱이 TV에 남아프리카 아이들이 땡볕에 엎드려 사금을 캔다고 황토를 퍼 담는 것을 보고 더욱 금이 달라붙는 지남철을 만들어야 되겠다고 생각했다. 아이들은 하루 종일 금을 채취해도 옥수수 한 줌과도 바꿀 수 없는 소량이어서 며칠 모아야 한 끼 겨우 먹을 옥수수를 얻는다고 했다. 나는 빨리 지남철을 만들어 그 아이들에게 주고 싶었다.

내가 정말 금이 붙는 지남철을 만들면 어떻게 될까 생각만 해도 웃음이 나온다. 물론 부자가 되는 것은 순식간의 일이겠지만 지나가는 여인의 금귀고리나 반지 · 목걸이 같은 데 달라붙으면 큰일이라는 생각이 들고, 박물관에 있는 금관 같은 것이 슬금슬금 끌려 나와 달라붙으면 팔자에 없는 옥살이를 하겠기 때문이다. 그리고 내 발명품을 안 세상 사람들이 몰려들면 큰일이고 발명품을 수출한다고 해도 금이 너무 많이 채취되면 금 본위의 경제가 허물어져 큰 난리가 날 것은 틀림없는 사실이기 때문에 걱정이 되었다. 그리고 금관 같은 것을 아무나 쓰고 다니면 금이 인간의 배설물과 같은 색이라 별 가치가 없고 더욱이 절에 있는 부처를 정말 금덩어리인 줄 알고 끌어내면 중들이 가만있지 않을 것이기 때문이다.

나는 포항 해수욕장에 사람들이 어떻게 해수욕하는지 구경갔다가 해변 모래밭에 금속 탐지기를 들고 다니는 사람을 보고 놀랐다. 그들은 해수욕객이 잃어버린 귀걸이, 목걸이를 찾는다고 했다. 어쩌다 그런 것을 찾는 날은 횡재를 하는데 찾는 사람이 많아져서 하루 수입도 신통치 않게 되었다고 했다.

나는 어릴 때부터 횡재를 좋아했다. 흥부 놀부의 이야기를 들을 때마다 어디 다리 부러진 제비가 없는지 살폈다. 그리고 어른이 되어서도 흥부가 되어 박씨 같은 것을 가져오는 제비가 없는지 봄이 되면 제비가 날으는 하늘을 살폈다. 그러나 걱정되는 것도 있었다. 박을 타다가 예쁜 여자가 쏟아져 나오면 아내가 좋아할 리도 없고 금 같은 것이 너무 많이 나와도 도둑이 들어 단명할 것이라는 생각도 들었다.

나는 가끔 금뿐 아니라 은, 니켈, 코발트, 희토류 같은 것도 찾아내는 지남철이 있으면 어떨까 생각해본다. 그러나 욕심내어 너무 큰 지남철을 만들어 하늘을 날아가는 비행기도 붙으면 안 되겠다는 생각을 하면서도 금이 붙는 지남철은 꼭 만들어 보고 싶었다.

어느날 그동안 아들이 사금을 얼마나 캤는지 들여다보니 일 년쯤 캔 것이 작은 쌀알 하나보다 작았다. 그래서야 10년을 채취해도 작은 반지 하나 못 만들겠다는 생각이 들었다. 그런데 아들은 며칠 전 금 채취할 때 쓴다고 쇠 판대기를 다시 사 왔다. 아무래도 부전자전 같다는 생각이 들었다.

금 붙는 지남철을 생각하다가 세상에는 빨아들일 것이 너무 많다는 것을 알게 되었다. 바다에 녹아 있다는 플라스틱 같은 것을 빨아들이는 지남철. 폐그물 같은 것도 빨아들이고 사람에게 나쁜 것은 무엇이든 빨아들이는 지남철 같은 것이 있으면 좋겠다는 생각을 한다. 그러나 걱정이 되는 것은 잘못하여 길 가는 예쁜 여자를 빨아들이면 큰일 나겠다는 생각이 들어 금 붙는 지남철 뿐아니라 지남철 같은 것을 아예 만들지 않기로 했다. 하루종일 헛생각한 것이 부끄럽다.

플라스틱 숟가락

나는 플라스틱 숟가락이 나왔을 때 드디어 좋은 숟가락이 나왔다고 좋아했다. 왜냐하면 음식점에 갔을 때 남의 입에 들어간 숟가락을 쓰기가 싫었는데 한 번 쓰고 버리는 플라스틱 숟가락은 참으로 위생적이라 생각했다. 그럴 리는 없겠지만 문둥이 입에 들어간 숟가락이나 담배 피우고 이도 닦지 않는 누우런 입속에 들어갔다 나온 숟가락은 아무리 잘 씻었다고 해도 사용하기 싫었기 때문이다. 나는 마누라와 자식들이 쓰던 숟가락도 싫었다. 죽고 없는 아버지와 엄마가 쓰고 그 숟가락을 다시 나와 마누라가 쓰고 자식들에게 물려주는 것이 싫었다. 그러니 한 번 먹고 버리는 숟가락은 참으로 좋은 숟가락이라 생각했다. 나는 일회용 숟가락을 사람이 발명한 것 중 최고의 발명품이라 생각했다. 숟가락의 역사가 언제부터인지 알 수가 없지만, 손으로 먹을 수 없는 것이 있어 생겼을 것이라고 생각한다. 농경문화가 시작되자 곡물 같은 것은 손으로 먹기 불편하여 숟가락이 필요했을 것이라 생각한다. 어찌 곡물뿐이랴. 국물 같은 것을 먹을 때는 숟가락이 꼭 필요했을 것이라 생각한다. 내가 연천 전곡리

선사시대 유적지에 갔을 때 마제석기, 타제석기는 있었으나 숟가락은 없었다. 박물관에 가보아도 돌 숟가락은 없었다. 나는 고인돌 아래에서 청동 숟가락이 나온 것을 보고 우리 선조는 참으로 현명하고 재주도 좋았다는 것을 알았다.

우리 집은 종손 집안이라 놋으로 만든 그릇과 숟가락이 많았다. 제사 때가 되면 녹슨 그릇을 온 집안사람이 모여 앉아 닦았고 어린 우리도 도왔다. 그 후 녹슬지 않는 스텐 그릇이 나온 후 그릇 닦는 수고는 없어졌다. 우리 집은 놋그릇을 모두 스텐 그릇으로 바꾸었다. 그 후 플라스틱 숟가락, 플라스틱 그릇이 나와 나는 참으로 좋았다. 드디어 남의 입에 들어갔다 나온 숟가락을 쓰지 않게 되었기 때문이다. 그런데 이게 웬일인가. 환경오염이 된다고 나라에서 못 쓰게 하니 나는 이해가 되지 않았다. 플라스틱을 녹여 물통도 만들고 옷도 만들고 온갖 것을 만들어 활용한다는데 장려는 못 할망정 음식점에 플라스틱 숟가락도 못 쓰게 하니 누군가 잘못 한다는 생각이 들었다.

숟가락은 세계 어느 나라에나 있다. 그러나 젓가락은 없는 것 같다. 젓가락은 우리나라, 중국, 일본 그리고 일부 동남아 사람들이 쓰고 있는데 내가 생각해도 참으로 불편한 발명품이었다. 내가 처음 젓가락을 사용하였을 때의 고생은 아직도 잊히지 않는다. 반찬을 아무리 집으려 해도 잘 집히지 않았다. 내가 어떻게 젓가락을 잘 쓰게 되었는지는 지금도 모르겠다.

동양인은 젓가락을 사용했으나 서양에서는 젓가락 대신 찍어 먹는 포크 삼지창으로 발달한 것 같다. 나는 서양인들이 와서 음식을 칼로 썰고 포크로 찍어 먹는 것을 보고 무서웠다. 저러다 입에 상처가 날 것 같아 눈여겨보았다. 그러나 그들이 젓가락으로 음식을 집어 먹지 못하는 것을 보고 칼과 포크를 쓰는 것을 이해하게 되었다.

사실 젓가락으로 음식을 집는 것은 지난한 일이 아닐 수 없다. 우리 아이들이 처음으로 젓가락으로 음식을 집을 때의 모습이 잊히지 않는다. 막내딸은 젓가락을 움켜쥐고 벌리지 못해 새끼손가락으로 벌려 집었는데 그 모습이 참으로 안쓰러웠다. 저것을 어떻게 가르칠까 생각했으나 가르칠 묘안이 없었다. 그래 그냥 두었더니 세월이 흘러 젓가락질을 잘했다.

나는 아직도 숟가락, 젓가락 없이 손으로 음식을 집어 먹는 민족이 있다는 것을 알고 있다. 손으로 밥을 돌돌 말아 먹는 것을 보고 신기하게 생각하다가도 손은 잘 씻고 먹는지 걱정을 한다. 요사이 TV에 염색한 나무 수저를 자주 본다. 신식인 양 쓰는데 나는 만들 때 아무리 옻칠 같은 것을 했다고는 하나 습기에 젖은 수저가 불결하게 보인다.

일회용 그릇은 일본인이 발명한 것 같다. 그들은 나무젓가락뿐 아니라 대패로 나무를 깎은 나무 도시락도 만들었다. 나는 그들의 문화유산은 참으로 배울 것이 많다고 생각한다.

음식점에 가면 스텐 수저가 가득하다. 나는 음식점에 갈 때 몰래 플라스틱 숟가락을 가져가려고 한다. 그리고 한

번 쓴 후 몰래 휴지통에 버리려고 한다. 정부에서는 나 같은 구식 사람이 살기에 불편하지 않게 배려해주었으면 고맙겠다고 생각한다.

우리 집에는 손님이 오면 사용하게 언제나 플라스틱 숟가락과 나무젓가락이 준비되어 있다. 어저께 점심 먹기가 귀찮아 중국집에 갔더니 여직원이 나무젓가락을 가져왔다. 내가 나무젓가락을 좋아하는지 어떻게 알았냐고 물었더니 전에 왔을 때도 나무젓가락으로 먹지 않았느냐고 했다. 아무래도 이심전심인 것 같아 고마웠다. 나는 그날 그 여직원이 아무래도 내가 어딘가 한 번 쓰고 버리는 나무젓가락 같은 보잘 것 없는 사람이라는 것을 알아본 것 같아 참으로 반가웠다.

토마스 아퀴나스

문인들의 행사가 있어 점심을 먹고 대구 중앙통 큰길을 건널 때였다. 정지 신호가 온 줄 모르고 자가용 한 대가 다가왔다. 우리는 깜짝 놀라 얼른 물러섰고 다행히 아무 일 없었다. 그때였다. 이재행 시인이 차 앞으로 가더니 차 앞 범퍼를 잡고 번쩍 들어 올리려 했다. 놀란 운전기사가 창문을 열고 사과를 했으나 이 시인이 다시 두어 번 더 들어 올리려 하자 운전수가 성을 내어 무엇이라고 항의하려다 그만두었다. 그때 옆에 있던 신문사 이 기자가 내게 다가와 귓속말을 했다. "저거 들으면 큰일 난다. 저것이 토마스 아퀴나스다"라고 말했다. 나는 놀랐다. 토마스 아퀴나스라니. 토마스는 미국 사람 이름 같아 이상할 것이 없었으나 아퀴나스는 성경에 나오는 무슨 악마의 이름 같아 놀랍고 우스웠다. 그 후 나는 이재행 시인이 천주교 신자가 되었을 줄 알았으나 그 성품으로 교회에 잘 다니는지 자꾸 걱정이 되었다.

대구의 시인으로 이재행 시인은 나보다 몇 살 아래였지만 나와는 한때 제일 가깝게 지내는 시인이었다. 나를 형님이라 부르며 따랐다. 대구 시인 중 그를 모르는 사람이 없었다. 그는 놀랍게도 고등학교 시절 두 사람의 합작 시집을 내었다. 그는 중앙 문단에도 일찍 나와 나에게는 문단 선배였다.

이재행 시인은 초등학교 여 선생과 사귀었으나 여 선생 집에서 반대가 심하여 집안사람 모르게 둘이 결혼을 했다. 내가 처음 그의 집을 방문했을 때는 봉덕동, 낮에도 어두운 방 한 칸에 월세로 살고 있었다. 방 안에 들어서자 그 살림의 궁핍함을 대번에 알 수 있었다. 시만 쓰며 무위도식하는 사람이었으니 그럴 수밖에 없었다. 그날 막걸리 반 주전자를 사 왔는데 어떻게 먹었는지 모르겠다. 그는 내가 방천시장에 살 때부터 한밤 중에도 불쑥 찾아오고 효성여대 온실에 근무할 때도 퇴근 무렵이면 찾아와 중앙통 막걸릿집에서 막걸리를 마셨다. 그는 술을 좋아했으나 결코 술에 취하여 실수하는 일이 없었다. 언제나 술에 취하여 실수하는 것은 나였다. 나는 그와 있으면 무엇인가 안심이 되고 시 쓰는 것이 즐거웠다. 그러나 그가 왜 토마스 아퀴나스가 되었는지는 물어보지 않았다.

나는 효성여대 원예학과 온실 근무 교직원으로 7년을 근무했다. 화훼재배 1급 기능사 자격을 따고 선후배에게서 많은 도움을 받았다. 교직 높은 지위에 있던 선배가 1급 기능사가 되었다고 월급을 올려주었고 후배 교수는 내가 낸 시집을 학생들에게 팔아주었다. 나는 그때 대구문학상을 받았다. 그러나 나는 원예학과 교수와는 이상하게도 사이가 좋지 않았다. 일꾼으로 일하는 것이 시집을 내고 문학상을 타고 다른 교수들의 칭찬을 받고 중앙 월간 잡지에 커다랗게 농부 시인이라고 사진이 나와서인지 모르겠다.

나는 가을이면 지산동 산골짝을 개간해서 만든 과수원에서 딴 신품종인 세계 최고인 커다란 사과와 아오리 사과를 신부님인 총장님에게 드렸다. 나는 그때 교인이 아니면서도 어메이징 그레이스라는 노래를 가사도 모르고 불렀다. 그때 혼자 부르던 그 노래를 지금까지 부르고 있다. 그 노래의 울림이 하늘 끝까지 간다는 것을 나는 알고 있었다. 총장님은 내가 사직한 후에 좋은 사람이었다고 하며 아쉬워하더라는 이야기를 들었다. 그는 참으로 억척같은 신부님으로 망치 하나를 들고 인부 한 사람과 둘이서 학교 건물 하나를 만들어 내었다. 그의 손은 일꾼보다 더 험했다. 나는 그 신부님이 지병으로 병원에 입원했다는 소식을 듣고도 찾아가 뵙지 못했다.

효성여대는 천주교 재단이어서 수녀님도 있었다. 꽃구경하러 오는 불어 교수 수녀님과 알게 되었는데 그 인연으로 중동에 있는 천주교회에도 다니게 되었다. 예배가 끝나면 나는 수녀님 방에서 차도 얻어먹고 놀다가 왔다. 그 후 그 수녀님이 타지로 떠나고 다시 엠마 수녀님과 가까이 지냈는데 나는 그 엠마라는 이름이 엄마라는 이름 같아 좋았다. 엠마 수녀님은 누님 같았다.

나는 직장에 아이들은 학교에 아내는 함지박에 채소를 이고 봉덕시장에 가버리고 빈집이었을 때도 수녀님들은 우리 집에 와서 된장국을 끓이고 밥을 해 먹었다. 나는 그때도 수녀님들에게 아퀴나스가 무엇인지 물어보고 싶었으나 끝내 물어보지 못했다. 엠마 수녀님은 그 후 부산에 있는 수녀원으로 전근을 가셨다. 떠나면서 간다는 인사말도 하지 않고 갔다. 엠마 수녀님은 사람과 너무 친해져 정이 들면 안 된다고 하면서 떠났다고 했다. 내가 부산에 있는 수녀님을 찾아갔을 때 복도 벽에 내 시를 붙여 놓았다고 하며 보여주었다. 내 나이 여든이 넘어 한참 되었으니 엠마 수녀님도 지금은 세상에 안 계실 것이다.

토마스 아퀴나스는 그 후 어떤 사람의 도움으로 대구 도청에 공무원으로 들어갔다. 그는 생활이 안정되자 다른 사람이 되었다. 그러나 그는 직장 생활을 얼마 하지 못하고 성인병이 와서 젊은 나이에 세상을 떠나고 말았다. 나는 그가 어디서 언제 어떻게 세상을 떠났는지 모른다. 내 책장에는 그가 준 첫 시집이자 마지막 시집이 아직 남아 있다. 그 시집 속에 있는 시 한 구절이 잊히지 않는다. '비에 젖은 능금 맛은 눈물 맛이다' 라는 구절이다. 오늘은 웬일인지 나보다 먼저 세상 떠난 그가 보고 싶다. 토마스 아퀴나스 그가 보고 싶다.

가을

햇빛이 들 때까지
개울가 돌 석축에
앉아있었다

멀리 산 밑 들막에
햇빛이 화안하여
가난한 살림살이가 다 보였다

늦은 아침인데도
그 집에 인적이 없었다

제삿날

아내의 제삿날이 언제인지
몰랐다

자식들이 말해서
알았다

그래도 나는 몰랐다
아내가 죽은 날이 제삿날인지

땅에 묻히는 날이
제삿날인지

바다 1

안심이 됐다

바닷가에 서 있으니
바다가 세상 땅끝에 닿아있어
안심이 됐다

누군가
데려온 바다

세상 어디에고
안 가 본 곳이 없는 바다

그 끝에서
울고 있는 바다

통일교

내가 통일교를 알게 된 것은 스무 살 무렵이었다. 우연히 통일교 강의가 있다는 것을 알고 대구 앞산 밑 봉덕동에서 기차 소리가 들리는 칠성동까지 걸어서 갔다. 그때는 그쪽으로 가는 버스가 없었다.

첫날 강의를 시작으로 일주일 동안의 강의를 끝까지 정신없이 들었다. 젊은 강사의 열정적인 강의에 귀를 기울였다. 그때 나는 강의를 들으면서 우리나라에 통일교가 있다는 것이 행복했다. 드디어 외국에서 들어온 종교가 아니고 우리나라에서 참다운 종교가 탄생한 것이 놀랍고 기뻤다. 젊은 강사는 우리나라 역사와 태극기의 내력과 성경 속의 모든 이야기를 설명했다. 나뿐 아니라 강의실 안 사람들은 모두 그분의 열정적인 강의에 한마음이 되어 귀를 기울였다. 일주일 동안 어떻게 시간이 흘러갔는지 알 수가 없었다. 강사는 우리나라가 통일이 되는 그 순간 세계의 고민, 전쟁이 없는 평화의 세계가 이루어진다고 했다.

동양 정신과 서양 정신이 만나 해결되는 곳이 우리나라이고 태극기 속에 그 뜻이 숨겨져 있다고 했다. 그것이 이루어지려고 전쟁이 일어나고 거의 이루어지려다 미완으로 끝났지만 언젠가는 다시 이루어진다는 그의 말을 믿었다. 강의를 들으려고 오는 사람들을 뜨겁게 맞이하던 통일교인들의 행복한 얼굴들이 잊히지 않는다. 더욱이 고운 처녀들이 반갑게 맞아주던 그 환대에 나는 넋을 잃었다. 나중에 안 일이지만 그들은 같은 교인들끼리만 결혼을 하는데 합동결혼식을 한다는 것을 알았다. 그들은 세계 곳곳에서 합동결혼식을 했다. 나는 그때 통일교가 다 좋았지만 합동결혼식은 싫었다. 나는 그때 아무도 모르게 예쁜 처녀와 둘이서 결혼을 하고 싶었기 때문이다.

그들의 모임에는 헌금함, 불전함 같은 것이 없었다. 세상 어떤 종교도 헌금함이 있었으나 그들이 있는 곳은 헌금함이 없어서 나는 그것이 무척 마음에 들었다. 나는 드디어 우리나라에 참된 종교가 탄생했다고 생각했다.

그 후 공무원이 되어 타향에 근무할 때 시외를 산책하다 우연히 통일교회를 보고 너무 기뻤다. 나는 그 교회에 갔다. 그러나 곧 실망했다. 그들의 설교에는 옛날에 들은 교리는 그대로 있었으나 열정적인 기쁨은 없었다. 모든 것이 있었으나 텅 빈 교회였다. 신도들도 별로 없었다. 나는 왜 그렇게 되었을까 고민했다. 교회에서 말하는 성령 같은 것이 없어진 것은 아닌가 하고 생각했다.

세월이 흘러 우리나라에서는 차츰 통일교가 사라졌다. 어디로 갔는지도 모르는 채 세월이 흘러갔는데 뜻밖에도 일본에서 아직 번성하고 있다는 것을 알고 너무 놀랐다. 세계에서 가장 기독교를 전도하기 어려운 곳이 일본이라는 것을 알고 있었는데 참으로 뜻밖이었다. 나는 아무리 생각해도 이해할 수가 없었다. 우리나라를 침략해 36년 동안 강점한 일본에 통일교가 존재한다는 것은 놀랍지 않을 수 없었다. 그리고 얼마 전 전재산을 통일교회에 헌납한 부모 때문에 살기 어려워진 자식이 통일교와 관련된 고위 공무원 한 사람을 살해했다는 것을 알고 또 한 번 놀랐다.

고해, 그렇다. 인생은 고해이기 때문에 사람들은 종교를 믿는다. 나도 TV로 종교방송을 듣는다. 천당이 있다고는 믿지 않지만 그들의 설교에 귀를 기울인다. 훌륭한 목사님의 설교, 찬송가나 불교의 백팔 대참 회문을 듣는다. 왜냐하면 종교 속에는 내 시보다 훨씬 좋은 시가 있기 때문이다.

언젠가 고향의 목사님이 북한에 초청되어 갔을 때 길을 지나던 한 여인이 조그마한 목소리로 할렐루야하고 지나갔다는 이야기를 듣고 너무 감동했다. 얼마나 오래 참고 기다렸을까. 죽음을 각오하지 않고는 기독교를 믿을 수 없는 곳에도 믿는 사람이 있다는 것은 참으로 놀랍고, 감사했다. 나는 세상에 종교가 있다는 것을 고맙게 여기지만 종교의 잘못된 가르침과 그 해악을 알고 있다. 종교 때문에 얼마나 많은 사람이 죽었는가 생각하면 가슴이 아프다. 순교했다고는 하지만 나는 천당에는 그들이 없다는 것을 알고 있다.

얼마 전 TV에서 교황에 대한 다큐멘터리를 본 일이 있었다. 그들이 두 번 세 번 장가를 가고 사생아가 있다는 것을 알고 너무 놀랐다. 더욱이 한꺼번에 교황이 셋일 때도 있었다는 것을 알고 실망했다. 그들은 왕과 같은 관을 쓰고 서로 싸우기도 했다. 나는 그 다큐멘터리를 보고 인간이란 인간 이상도 아니고 인간 이하도 아니라는 것을 다시 한번 알았다. 나는 종교를 좋아하면서도 그들의 말은 믿지 않는다. 더욱이 저승, 천당, 지옥 같은 것은 믿지 않는다. 나는 하늘에 하나님이 있으면 안 된다고 생각한다. 하늘에 하나님이 있으면 마귀도 있고 천사도 있고 지금같이 있는 것은 다 있을 것이기 때문이다. 거기 사람이 있다면 틀림없이 싸울 것이라는 것을 알고 있다. 천당에도 명당이 있을 것이기 때문이다.

나는 하루에도 몇 번이나 하늘을 본다. 하늘에 하나님 없는 하늘의 평화를 본다. 봄, 여름, 가을, 겨울 하늘 중 겨울이 오려할 때 끝없이 푸르고 푸른 하늘을 바라본다. 나는 사람들이 무엇 한다고 그리 오래 살려고 하는지 알 수가 없다. 종교가 다르다고 서로 싸우는 사람들. 무한한 우주 시간 속에 잠시 생명을 얻어 우주 속에 존재한다는 것은 즐거운 일이 아닌가. 한 번도 존재해보지 못한 것에

비하면 생명을 얻었다는 것은 크나큰 축복이 아닌가. 나는 싸우는 사람들을 볼 때마다 소똥구리로 태어났으면 얼마나 좋았을까 하고 수필을 쓴 적이 있다.

한때 내게 크나큰 기쁨을 주던 통일교 그것이 어디로 가는지 세상 종교와 같이 잘못된 길을 가버린 것은 아닌지 통일교가 생각날 때마다 안타까워진다.

나는 과수 농사를 지으면서 알았다. 나무가 열매를 맺으려면 질소 하나만 주면 안 된다는 것을 질소 하나만 주면 나무는 크게 자라지만 열매를 맺지 못한다는 것을 나무가 열매를 맺으려면 질소, 인산, 가리, 미량 요소 그리고 햇빛, 바람, 비 있는 것은 다 있어야 좋은 열매를 맺는다는 것을 알았다. 사람은 부모의 더러운 것까지 받아야 좋은 열매를 맺을 수 있고 부모 나무가 죽어 폭삭 내려앉아 거름이 되어야 좋은 열매가 맺을 수 있다는 것을 알고 있다. 나는 훌륭한 종교 지도자 아래는 향기도 빛도 없는 자식뿐이라는 것을 알고 있다. 나의 부모는 보통 사람과 같은 죄인이었다. 그래서 나는 한 세상 잘 살다가 간다.

나는 종교가 인류를 구원한다고 해도 생명은 죄 없이는 존재할 수 없다는 것을 알고 있다. 산골짝을 개간하고 외딴집을 짓고 과수 농사를 지으면서 알아낸 소중한 교훈이다.

사도광산

일본이 사도광산을 세계 문화유산으로 등재한다고 한다. 나는 사도광산이 어디 있는지 무엇을 채굴했는지 모르지만 수많은 우리나라 사람들이 끌려가 고생하고 죽었다는 것을 알고 있다. 나는 그 사도광산이 무슨 문화재인지 모르겠다.

일본이 우리나라를 강점하고 남긴 것은 참으로 많다. 그들은 우리나라 산 곳곳에 쇠말뚝을 박고 밤중에 옛 무덤을 도굴했다. 대구 범어동 뒷산에도 탱크와 대포를 숨긴다고 굴을 파놓았다. 묘사 지낼 때 어떻게 생겼는지 들어가 보니 앞쪽으로 들어가면 옆쪽으로 나오게 되어 있었다. 언젠가 제주도에서 마라도에 갈 때 선착장에서 바라본 섬에도 큰 굴 두 개가 있는 것을 보았다. 그러나 어릴 적에도 나는 그들이 와서 상투를 깎고 때 묻고 누덕누덕 기운 치마를 몸빼로 바꾼 것은 잘한 일이라고 생각했다. 그들이 와서 우리나라에 철로가 생기고 수력발전소가 생겼다. 그러나 그때 우리는 미국이 쳐들어온다고 밤이면 불이 새 나가지 않게 검은 천으로 창문을 가렸다. 사이렌이 울고 비행기를 찾느라 탐조등이 하늘을 밝히고 어디선가 고사포 소리가 들리면 우리는 이불을 뒤집어쓰고 숨을 죽이고 귀를 기울였다. 그때 안 것은 미군 B29가 너무 높이 날아가 고사포를 아무리 쏘아도 탄환이 닿지 않는다는 것이었다.

나는 우리나라 처녀들이 일본군 화물차에 실려 가는 것도 보았다. 대부분 식모살이를 하는 가난한 집의 딸들이었다. 그때 많은 학생이 학도병으로 끌려가 일본 군인이 되어 미군과 싸우다 죽었다. 죽은 사람이 많았지만 유골이 되어 돌아오는 사람은 별로 없었다. 그때는 징집을 피하려고 고향을 떠나 숨는 사람도 있었다. 우리는 쌀을 공출 당하고 꽁보리밥도 겨우 먹었다. 동네마다 굶어 죽는 사람이 있었다. 그들은 탄피를 만든다고 놋그릇을 뺏어갔다. 엄마는 제사 때 쓰는 그릇을 몇 군데 나누어 땅을 파고 숨겨 두었으나 누군가 일본 지서에 일러바쳐 일본 순사가 와서 가져갔다. 사촌 형들은 비행기 기름을 만든다고 산에 가서 관솔을 채취하고 군인들의 방한모와 귀마개를 만든다고 개백정이 길에 다니는 개를 몽둥이로 마구 잡았다. 그들이 마을에 나타나면 어떻게 아는지 온 동네 개들이 모두 짖었다.

그때 제일 무서운 것은 일본 순사였고 우리 집 가까이에 있는 대구농고 기숙사 마당에 있는 커다란 일본 신사비였다. 절하지 않고 그 앞을 지나면 잡아간다고 하여 우리는 피해 다녔다.

대동아전쟁 그 와중에도 유명한 것은 대구 달성공원 개 달리기 시합이었는데 시합을 할 때마다 일본인의 마루라는 개가 언제나 일등을 했다. 그러나 어느 날 시합 때 누군가 발정한 암캐를 풀어놓아 마루가 그 개를 따라다니느라 꼴등을 했다. 우리는 그때 속이 다 시원했다. 언젠가 마을 앞마당에서 일본인들과 씨름 시합을 했는데 일본 선수들은 벌거벗고 끈으로 궁둥이만 가려 구경하던 여자들이 모두 도망을 갔다. 그때 씨름은 일본식으로 하면 일본인이 이기고 우리식으로 하면 우리가 이겼다. 그 전쟁에도 일본에 가서 유학하는 사람이 있었고 해방이 되자 그들은 우리나라를 이끄는 지도자가 되었다. 일본 순사하던 사람이 한국 경찰이 되고 일본군 장교가 국군 장교가 되고 비행기 조종사가 공군 장교가 되었다. 서울 법대에 다니던 사촌 형은 우리나라 법전도 거의 일본 법전을 베낀 것이라고 했다.

나는 옛날 일본으로 끌려가 많은 사람이 죽은 사도광산을 그대로 두었으면 좋겠다고 생각한다. 못난 선조 못난 정치인들이 나라를 망치면 어떻게 된다는 것을 본보기 관광사업으로 남겨두고 싶기 때문이다. 지금의 북한 정치인들, 남한의 정치인들, 나라를 걱정하고 국민을 사랑한다고 하는 그들을 일 년에 한 번쯤 데려가 사도광산을 보게 하면 좋겠다고 생각한다.

사람

모르겠다
사람을 보면
왜 눈물이 나려고 하는지
모르겠다

모르겠다
사람을 보면
왜 눈물이 나려 하는지

모르겠다
사람을 보면 왜 눈물이 나는지
왜 자꾸 눈물이 나는지
모르겠다

곡비

곡비는
대신 울어주는 사람이다

상주 대신 울어주는 사람
상주보다 더 슬프게 울어주는 사람이
곡비다

나는 하늘을 볼 때마다
거기 어디서
곡비 우는 소리 듣는다

아주 오랜 옛날
나 여섯 살 때
아버지가 죽었을 때도 곡비가 있었다

아버지 상여가 떠날 때
우리보다 섧게 울던
가난한 동네 여인이 잊히지 않는다

나는 오늘도 하늘을 바라본다
나는 사람이 죽을 때마다
거기 어디서 곡비 우는 소리 듣는다

바다 2

울고 싶으면
바다에 가면 된다

바다가
눈물 아닌가

눈

눈 내리는 날이면
가보고 싶다

태백산맥 산골짝
산비탈에 있는 작은 마을

그 마을에서 서쪽으로
인적 없는 작은 집들

눈 내리면 한겨울에
산새 소리 들리지 않는 곳

봄이면 진달래 이름 모를 산꽃들이
소리 없이 피었다 소리 없이 지는 곳

눈 내리는 날이면 가보고 싶다
태백산맥 넘어가다 본 봉화 산골짝
서쪽 골짝에 있는 작은 집들

바다

바다를 본 지도 10여 년이 지났다. 바다가 보고 싶다. 바다에 가도 할 일이 없지만, 산 속 아파트에 오래 살다 보니 세상이 자꾸 타향 같은 생각이 들어 바다에 가보고 싶다. 차 타고 가면 된다고 하겠지만 이제 운전을 잘 못하니 혼자서는 갈 수 없다. 그래 바다가 보고 싶지만 산 넘어 바다가 있는 하늘만 바라본다. 타향도 오래 살면 고향이라고 하지만 나는 자꾸 땅이 낯설어진다.

사람은 바다에 갔다가도 돌아온다. 바다에서 집 짓고 살 수 없고 바닷가에는 언제나 돌아오기를 기다리는 사람이 있기 때문이다.

나는 평생 해수욕을 해본 적이 없다. 한 번쯤 꼭 해수욕이 어떤 것인지 해보고 싶었으나 하지 못했다. 언젠가 여름이 끝날 무렵 막내딸이 해수욕장을 구경하고 싶다고 해서 포항 해수욕장에 가본 적이 있다. 거기 가보고 놀랐다. 바닷가가 큰 쓰레기장 같고 사람들이 파리 떼처럼 모여 우글거렸다. 모래밭을 정화한다고 경운기로 갈고 있었으나 쓰레기 냄새가 났다. 그래 좀 더 북쪽에 있는 해수욕장은 어떨까 하고 다시 가보았으나 거기도 마찬가지였다. 그 후 나는 해수욕 같은 것을 해보고 싶은 마음이 없어졌다.

바다, 나는 그 넓은 바다에서 낚시를 꼭 한번 해보고 싶었다. 여름 어느 날 둘째 딸을 데리고 처음으로 구룡포 앞바다에서 낚시를 했다. 그날 저녁때까지 잡은 것은 새끼손가락만 한 눈이 튀어나온 이름 모를 까만 물고기 한 마리였다. 그 물고기가 딸려 나오면서 어떻게나 반항하던지 나는 그 물고기가 무서웠다. 나를 노려보던 그 물고기가 무서워 돌아올 때 바다에 놓아주고 왔다.

그 후 아들이 군에 가서 양구 비무장지대 철조망 아래 근무할 때 면회 간다고 포항에서 바닷길을 따라 설악산 한계령을 넘어가며 본 동해는 너무 넓고 오래되어 낯설어 보였다. 거기 어느 곳엔가 모래밭 뜨거운 햇살 아래 파라솔 하나를 펴 놓고 남자 하나가 고생하는 것을 보고 나는 다시는 해수욕 같은 것을 하고 싶지 않았다.

둘째 딸이 사는 인천에 가보았는데 항구에 큰 배가 모여

서 있고 커다란 짐차가 오고가 바다가 어디 있는지 보이지도 않았다. 그때 소래 포구에서 쓰레기와 함께 건져 올린 새우젓갈을 한 깡통 사 왔지만 아직 먹지 않고 그대로 남아있다.

바다, 언젠가 아내와 가 본 군산 앞바다. 유람선에서 춤 같지도 않은 춤을 추던 러시아 남자 무용수가 생각나고 배 따라오는 갈매기에게 새우깡을 던져주던 것이 생각난다. 그 후 아내 없이 혼자 거기 가보았으나 태풍 때문에 배도 타보지 못하고 돌아왔다.

바다, 아내와 아들 면회하고 돌아오다 낙산사 아래 바닷가에서 바다 조약돌을 물들인 해옥 목걸이를 사 왔으나 어디 두었는지 잊은 지 오래고 금강산 앞바다 해금강에 갔을 때 거기 전쟁한다고 주둔하고 있던 북한군 포대가 잊히지 않는다.

타향도 오래 살면 고향이라고 하지만 아이들이 떠나고

아내가 없는 산 속 아파트는 자꾸 타향 같은 생각이 든다. 지난해 마지막으로 고향에 갔으나 내 살던 곳이 너무 변하여 타향이 되었고 언젠가는 돌아가서 죽으리라 월세를 주고 온 집도 낯설어 그냥 돌아왔다. 그날 옛 친구 몇 명을 만났으나 모두 너무 늙고 병들어 말도 어둔하여 한 잔 술도 못하고 서둘러 돌아왔다.

바다, 그래도 아내와 가보았던 옛날 바다에 한번 가보고 싶다. 언젠가 아들이 내가 종일 집에 있는 것이 보기 싫은지 바다에 한번 가보자고 하더니 일이 바빠서 그런지 가보자고 한 말도 잊은 것 같다.

이제 아내가 잠자고 있는 산골짝에 갈 날도 멀지 않았지만 바다에 한번 가보고 싶다. 거기 저녁 무렵 바닷가에서 있다가 이튿날 아침 해 떠오르면 아무것도 보이지 않는 그런 바닷가에 가서 혼자 서 있고 싶다.

시 쓰는 사람

'쿵' 하고 대포 소리가 나고 땅이 울리고 나면 나는 그 울림이 어디로 가는지 가다가 사라지는지 귀를 기울인다. 내가 사는 의정부는 군부대가 많아 가끔 훈련하는 대포 소리가 들린다. 나는 땅을 울리는 그 포 소리가 참으로 좋다. 그리고 박목월 선생님의 강의하시던 모습을 떠올린다.

선생님은 6 · 25 때 대포 소리가 들리고 그 울림으로 벚꽃 잎이 하르르 떨어지던 때의 그 시상을 시로 쓰고 싶었지만 시로 표현하지 못한 안타까움을 갖고 계셨다. 우리를 보고 강의하시면서도 그 눈빛은 우리를 보는 것이 아니고 벚꽃 떨어지는 모습을 보는 것 같았다. 선생님의 강의는 그의 시같이 항상 쉬웠다. 사상이나 철학 같은 것은 그의 시 속에 없었다. 그는 우리 민족이 부르고 싶은 노래를 시로 만들었던 것이다.

나는 봄이 와 벚꽃이 피면 언제나 선생님을 생각한다. 그리고 벚꽃을 보며 선생님이 쓰고 싶어도 못 쓴 시를 내가 써야겠다고 생각했다. 그러나 나는 쓰지 못했고 세월만 흘러갔다. 언젠가 선생님은 언어와 시의 관계를 강의하셨는데 너무나 쉽고 명료하여 나는 참으로 명강의라고 생각했다. 나는 그 강의를 잊지 않으려고 노트에 기록해 두려 하였으나 그렇게 하지 못했다. 시 쓰는 후배들에게 꼭 들려주고 싶은 강의였는데 참으로 안타깝다.

서정주 선생님도 「국화 옆에서」라는 시를 쓸 때 끝맺을 구절이 잘 생각나지 않아 오래도록 고생하였다는 이야기를 하셨다. 그러다 어느 날 고향에 있는 누님이 생각나 '내 누님같이 생긴 꽃이여 노오란 네 꽃잎이 피려고 밤에는 무서리가 저리 내리고 내게는 잠이 오지 않았나 보다' 라고 쓰시고 마무리하셨다고 했다.

시 쓰는 사람은 시 쓰기가 참으로 어렵다는 것을 안다. 한 편의 좋은 시를 쓰려고 무진 고생을 한다. 나는 쓰려다 못쓴 시의 시상이 수십 년이 지나 우연히 떠올라 쓸 때의 그 기쁨을 알고 있다. 그러나 그 기쁨도 이튿날 보면 아무것도 아니어서 그때의 절망과 슬픔을 알고 있다. 나는 지금도 서정주 선생님이 산수유 꽃을 보고 '사운덴다' 라고 한 그 시 구절이 정말 맞는지 이른 봄이면 산수유 나무 앞에서 노오랗게 핀 산수유꽃을 바라본다.

나는 음력 보름이 되어 밤 하늘에 달이 밝을 때면 목월 선생님을 생각한다. 목월, 나무 달이라니 얼마나 아름다운 호인가. 나는 선생님 제자라서 그런지 아무도 지어주지 않는 내 호를 '걱정'이라고 내가 지었다.

나는 사람이 달에 갔다 온 후 달이 더 밝아졌다고 생각한다. 달에는 우리가 모르는 우주의 수십억 년의 평안 생명이 없는 그런 근심 걱정 없는 평안을 사람이 보고 왔다는 것을 알고 있다. 나는 선생님이 못 넘으신 서정의 고민이 내게도 왔다는 것을 알고 있다. 선생님이 퇴근하여 늦게 돌아오다 쓴 시, 뜰 앞에 놓인 손자들의 작은 신발을 보고 쓴 시가 잊히지 않는다.

서정주 선생님이 언젠가 대구에 오셨을 때 후배들이 이문길이라는 제자를 아십니까 물었더니 "그 새끼 어디 있어"라고 역정을 내셨다는 소식을 듣고 선생님이 나를 아직 잊지 않고 계시다는 것을 알고 참으로 죄송하고 송구

했다. 그러나 만일 선생님의 뜻대로 내가 시를 썼다면 나는 문단에 일찍 나왔을지는 모르지만 시인이 되지는 못했으리라는 것을 알고 있다.

이제 떠날 때가 되어서 그런지 나에게 가르침을 준 박목월 선생님, 서정주 선생님 그리고 어려운 시 쓰느라 작은 얼굴이 까맣게 탄 김구용 선생님, 나의 작품 해설을 듣고 웃어주시던 김동리 선생님이 보고 싶어진다. 시인이 되고 소설가가 되어 살다 간 사람들의 얼굴이 보고 싶어진다.

이상범의 산골집

산골짝에 눈이 오니
산 밑 외딴 초가집이 눈에 덮였다

장작더미가 덮이고
소죽통도 덮였다

저녁부터 내리던 눈
밤새도록 오더니
개울가 가시나무 숲도 눈에 덮였다

산길이 없어졌다
까마귀 우는 소리도 들리지 않았다

흰옷 입은 한 노인이 소고삐를 잡고
싸리문 앞에 서 있었다

산을 보고 있던 소가
방울을 흔들었다

우포늪

우포늪에 두 번 가보았으나
낙동강이 어디 있는지
알 수가 없었다

흘러가다 잊어버린
고향 같은 것

낙동강이 언제 두고 갔는지
알 수가 없었다

가시연꽃
개구리가 살고 있는 우포늪

우포늪 둘레 길을 가보았으나
산 넘어 낙동강이 어디 있는지
알 수가 없었다

국조

국조 하면 나라의 훌륭한 조상을 말하는 줄 알겠지만 나의 국조는 딱새다. 세상 나라가 모두 나라의 꽃이 있고 산이 있다. 우리의 국산은 백두산이다. 백두 혈통이 있기 전 아주 오랜 옛날부터 우리 조상이 섬겨온 산. 한번 가보고 싶지만 이제는 누가 데려다주려고 해도 못 간다. 크고 넓고 높은 히말라야 산은 여러 나라에서 국산으로 섬기지만 나는 아무리 보아도 산 같지 않아 가보고 싶은 생각이 없다. 일 년 내내 눈에 덮여있는 돌산이 무엇이 좋은지 사람들은 그 산을 오르다 자꾸 죽는다. 그 산에 정복할 것이 무엇이 있는지 나는 알 수가 없다.

세상 사람들은 좋아하는 산과 꽃은 있지만 새는 없는 것 같다. 나는 오늘 TV에 나오는 딱새를 보고 우리나라 국조로 하고 싶어졌다. 한평생 시골에서 농사짓고 살다 죽은 노래 못 부르던 장인의 노랫소리처럼 딱딱하고 우는 소리 들리기 때문이다. 나는 최근에 참새를 국조로 하면 어떨까 생각해본 적이 있다. 시골 초가집 지붕 속에서 사는 새. 길 나서면 어디에나 있는 새. 우리나라 새 같은 생각이 들었으나 미국에도 우리나라 참새 같은 새가 있다는 것을 알고 국조 할 생각이 없어졌다. 더욱이 옛날 한겨울 친구들과 어울려 길거리 포장마차에서 소주 한잔할 때 참새구이를 먹은 적이 있어 국조로 하기 싫었다. 그때 친구들은 하얀 참새 머리가 고소하다고 하며 먹었으나 나는 먹지 않았다.

수성들 넓은 들에 나락이 익을 때면 농부들은 새끼줄에 깡통을 달고 흔들어 참새 떼를 몰아내었다. 나는 지금도 그때 푸드덕거리며 도망가던 참새 떼 나래 소리를 잊지 못한다.

나는 매일 들길을 산책하며 새소리를 듣는다. 까치, 까마귀, 오목눈이, 산새 소리를 듣고 고향 못 가고 우는 오리 소리도 듣는다. 개울가 석축 위에 앉아 귀 기울이고 있으면 어디선가 딱딱하고 우는 딱새 우는 소리도 들리는 것 같다. 나는 내가 생각해낸 딱새를 국조로 하고 싶다. 왜냐하면 옛날 우리 조상과 친하게 살며 흙담 구멍 속에서나 보릿단 속에서 숨어 울던 새이기 때문이다.

흥

흥은 정신이 혼미할 때 생긴다. 맑은 정신으로 흥이 날 리가 없다. 세상에는 흥 있는 일이 별로 없다. 그러다 어느 날 드디어 세상은 흥을 내 사는 곳이 아니라는 것을 알게 된다. 흥 없는 곳에 버려졌다는 것을 알고 세상이 싫어진다. 세상은 하는 일 없이 사는 곳이 아니라는 것을 알고 일찍 세상을 떠나 버리는 사람도 있고 산속으로 들어가 숨어 사는 사람도 있다.

나는 일찍이 시를 쓰면서 종교 속에는 흥이 없다는 것을 알았다. 참으로 다행한 일이었다. 나는 사람들이 종교 속으로 몰려가는 것을 보고 슬펐다. 어렵게 세상에 와서 왜 울고 사는지 슬펐다.

태초부터 사람이 있는 곳엔 술이 있었다. 술을 먹고 잠시 세상일을 잊고 사는 것이 즐거워 춤을 추었다. 그러나 술은 먹고 흥이 나는 사람도 있고 우는 사람도 있고 술만 먹으면 싸우는 사람도 있어 술이 좋은 것만은 아니라는 것을 알았다. 더욱이 여자가 술을 먹고 흥이 나면 큰일이라는 것도 알고 있다. 사람들은 술이 깨면 흥 없는 세상에 다시 끌려 나와 버려졌다. 사람들은 점점 많은 술, 독한 술을 찾았다. 그러다 술병을 얻어 세상을 버리는 사람도 있다. 산에 가면 흥 없이 살다 간 희미한 사람들의 그림자가 있다. 흥 없이 살다 간 슬픈 그림자 모두 말이 없다. 물어봐도 대답하는 사람 없다.

사람들은 흥으로 나서 흥으로 커서 흥으로 장가가고 흥으로 자식 낳고 흥으로 죽는 것이 아니고 재미로 나서 재미로 장가가고 재미로 자식 낳고 재미로 죽는 곳이 아니라는 것을 알면서도 살고 있다. 나는 세상에는 흥 비슷한 것도 있다는 것을 알고 있다. 언젠가 전신마취를 하고 위내시경을 한 후 깨어났을 때의 그 평안함을 잊을 수가 없다. 나는 그날 사람들이 왜 마약을 하는지 알 수 있었다. 집안의 부끄러운 일이지만 삼촌과 사촌 형은 불치의 병으로 고생하다 죽었다. 고통 때문에 고함치다 몰래 낯선 사람들이 왔다 가면 언제 그랬냐는 듯 행복해 보였다. 끝내 두 분은 일찍 돌아가셨지만 나는 훨씬 후에야 그때 온 그들이 마약상이라는 것을 알았다. 나는 지금도 가끔 옛날 위내시경을 한 후의 그 평안함을 잊을 수가 없다. 거기 가서 쉬고 싶지만 마약은 약이 아니라는 것을 알고 참는다.

나는 이제 다 지나간 세월 끝을 거닌다. 어저께는 들길을 거닐다 우연히 나를 반기는 들꽃들의 웃는 얼굴을 보았다. 꽃이 아름답다는 것을 어찌 말로 다 할 수 있으랴. 세상을 보면 어디에도 가야 할 길이 없지만 자세히 보면 보이는 곳은 다 길이라는 것을 알 수 있다. 내가 그들 속에 존재한다는 것은 크나큰 축복이 아닌가.

가체

나는 역사극에 나오는 여인들이 쓰고 있는 가체를 볼 때마다 머리털을 어떻게 구했는지 궁금했다. 그 큰 머리를 만들려면 수많은 여인들의 머리털을 모아야 하는데 어떻게 모을 수 있었는지 혹시 미장원 아주머니는 알 수 있을 것 같아 머리 깎을 때가 되지 않았지만 미장원에 갔다. 미장원 아주머니 말이 그 가체는 모두 나일론 실로 만들었다고 했다. 내가 나일론이 없었던 옛날에 어떻게 만들었냐고 하니 그때는 처녀들이 길러둔 머리털을 시집갈 때 잘라 두었다가 썼다고 했다. 나는 그때 비로소 여인이 시집갈 때 머리를 올린다는 말이 무슨 뜻인지 알게 되었다. 내가 다시 곰곰이 생각해보니 그때 양반 마님들은 여종들의 머리카락을 잘라 가체를 만들었다는 생각이 들고 술집 주모나 일반 여인들은 말갈기나 꼬리털로 가체를 만들지 않았나 하는 생각이 들었다. 나는 옛날 궁전의 왕비나 후궁이 행사 때 쓴 큰 머리를 볼 때마다 마치 털 빠진 황새가 날아가는 것 같아 보기 싫었다. 그러나 그것이 최고의 머리 장식이고 거기에 온갖 노리개를 달았으니 옛날이나 지금이나 여인들의 허영심은 어쩔 수 없다는 것도 알게 되었다. 그때 궁전의 여인들이 그렇게 하였으니 고관대작 여인들이 본받지 않을 수 없었을 것이고 그것을 본 가난한 백성의 여인들도 흉내 내지 않을 수 없었겠다는 것을 이해하게 되었다. 나는 그 큰 머리를 볼 때 동네를 돌며 머리카락을 사러 다니던 상인이 생각나고 엄마가 머리 빗을 때마다 조금씩 모아 둔 흰머리가 섞인 것을 비싸게 팔던 것이 생각났다. 우리나라에 기생이 언제부터 있었는지 모르지만 역사극에 나오는 기생들도 큰 머리를 하고 있다. 오죽했으면 임금이 가체를 못하도록 명령을 내렸지만 자신의 어머니나 할머니 그리고 마누라, 며느리까지 가체를 했으니 가체 금지는 실패할 수밖에 없었다는 것도 알고 있다.

나는 일제 강점기에 태어났다. 나는 일본인들이 와서 제일 잘한 것은 어른들의 상투는 물론 아이들의 머리털을 박박 깎은 것이라고 생각하고 있다. 그때 우리나라 사람들을 전쟁터에 끌고 가려고 그렇게 했겠지만 그때 깎지 않았다면 지금까지도 상투를 틀고 있으리라 생각하면 참으로 끔찍하다. 나는 고등학교 때까지 머리를 박박 깎았다. 그때도 간혹 머리를 완전히 깎지 않고 조금 기른 아이들이 있었는데 우리는 그런 아이들을 따라가며 '온돈 주고 반머리 깎는 애이요자식' 하고 욕을 했다. 나는 이발소 갈 때마다 이발소 주인이 내 머리통이 어른 머리통같이 커서 어른 이발료를 받아야 하겠다고 해서 성이 났다.

내가 미장원에 간 김에 또 하나 궁금한 것이 있어 물어보았다. 역사극을 보면 모두 긴 치마를 입었는데 계단을 오르내릴 때나 길을 걸을 때면 흙이 묻었을 텐데 어떻게 매일 빨래를 했느냐고 물었더니 옛날 우리나라 여자들은 남의 남자가 발을 보면 안 된다고 긴 치마로 발을 가렸다고 했다. 나는 그 말을 듣고 이슬람 여인들이 왜 볼로카를 입고 우리나라 양반 여인네들이 왜 장옷을 입고 다녔는지 알게 되었다. 세월이 참으로 많이도 변했다. 이따금 나도 내 마누라가 옛날 여인들처럼 가체를 하고 치마를 잡고 한번 뛰게 해 보고 싶지만 없으니 할 수가 없다. 이제 여자들은 가체 같은 것은 하지 않고 머리털을 온갖 색깔로 물을 들이니 가체 걱정은 없어진 것 같다.

나도 늙었지만 머리에 신경을 쓴다. 미장원 여주인이 자기 아버지는 한 달에 머리를 두 번 깎는다고 하여 이제 나도 두 번 깎는다. 늙어지면 왜 자꾸 몸의 털만 잘 자라는지 화가 난다.

금발의 제니

'나는 꿈 꿨네 금발의 제니……브론드 머릿단 출렁대며 갔다' 나는 이 노래를 들을 때마다 서양의 아름다운 소녀가 금발 머릿단을 출렁대며 가는 모습이 떠올라 잠시 세상 걱정을 잊는다. 브론드 색이 무슨 색인지 잘 모르지만 금색 비슷한 색이라 여겨진다. 나는 세상 사는 것이 싫을 때나 귀찮을 때 핸드폰에 저장해놓은 이 노래를 듣는다. 그러면 금방 금발 머리를 한 소녀가 떠올라 보고 싶어진다. 6 · 25 때 서양 영화에 금발 머리에 입술을 붉게 칠한 마릴린 먼로가 나왔을 때 우리는 그 아름다움에 놀랐다. 눈빛이 조금 이상했으나 너무 아름다웠다. 사람 같지도 않았다.

사실 우리 머리는 너무 까맸다. 오래된 우리의 머리는 지겹도록 까맸다. 그 까만 머리가 어찌 금발 머리보다 아름다울 수 있으랴. 금은 귀하고 좋은 색이다. 절의 부처도 전신이 금색인 것을 보면 알 수 있다.

옛날 어른 여인들은 하얀 새치가 나오면 늙어 보인다고 자꾸 뽑았다. 그리고 동백기름을 바르고 삼단 같은 머리라고 자랑했다. 삼단이 무슨 단인지 모르지만 어찌 금발보다 아름다울 수 있으랴. 나는 아직 사람이 왜 늙고 검은 머리가 흰 머리가 되는지 모른다. 나는 지금도 머리가 완전히 하얗게 된 늙은 여인이 무섭다. 사람의 간을 빼먹고 사람이 되려고 하는 전설의 여인 같아 무섭다.

나는 어릴 적 여우가 백 명의 사람 간을 빼먹으면 사람이 된다던 전설을 들었다. 마지막 한 개의 간을 남겨두고 총각 머슴을 사랑하여 결국 여우로 죽고 말았다는 이야기를 들었을 때 슬펐다. 나도 그런 여우 같은 여인을 만나면 좋겠다고 생각했다.

지금은 다행히 염색약이 발달하여 노인들도 머리염색을 한다. 쭈글쭈글한 얼굴에는 새까만 머리보다 갈색 머리가 보기 좋다.

언젠가 TV에 일본 연예인 아이들이 노란 머리를 하고 나오더니 우리나라 아이들도 순식간에 노란 머리를 했다. 나도 아내가 아파 누웠을 때 약방에서 갈색 머리약을 사와 물들여 주었다. 그러나 나는 아직 한번도 머리색을 물들여 보지 않았다. 왜냐하면 처녀 아이들이 온갖 머리 염색을 하더니 드디어 백발 염색을 하기 때문이다.

나는 지금 이발소가 없어져 미용실에 가지만 머리는 감지 않고 집에 와서 감는다. 여자에게 머리를 감기는 것은 아무래도 이상하고 미안하기 때문이다. 더욱이 길을 가다 남자 미용사가 여자 머리를 다듬는 것을 보면 무슨 일이 일어날 것 같아 자꾸 들여다본다.

여자들은 아름다워진다고 하면 못할 짓이 없다. 온갖 성형수술을 하고 손톱 발톱도 기르고 칠하고 옷도 수영복이나 내복 같은 것을 입고 다닌다. 우리나라 여자뿐 아니라 흑인 여인들도 따라한다.

어저께는 길 가다 완전히 파랗게 머리 염색을 한 단발머리 소녀를 보았다. 무엇을 빼먹으려고 파란물을 들인지는 몰라도 찰랑거리는 그 머리가 이상하지 않고 보기 좋았다. '나는 꿈을 꿨네 파란색 머리의 제니……파란 머리 출렁대며 갔다' 라고 노래 불러도 될 것 같았다.

그러나 걱정이 된다. 언젠가는 파란 눈알이 나올 것이기 때문이다. 그러나 아무리 의술이 발달해도 검은 눈알을 파랗게 하는 것은 어려울 것이고 혹시 수술을 잘못하여 장님이 되면 안 되겠기 때문이다. 지금은 아버지 눈을 파랗게 한다고 공양미 삼백 석에 몸을 팔 딸도 없고 그것을 보고 가만히 있을 사위도 없을 것이기 때문이다.

탈바가지

하얀 탈바가지 하나가 내가 산책하는 길옆 화단에 한 달이 넘도록 버려져 있다. 조그마해서 어른이 쓰던 것이 아니고 중학생이 쓰다 버린 것 같다. 처음에는 거기 인도 가운데 킥보드 한 대가 서 있었으나 사흘쯤 지나 없어지고 하얀 바가지만 남아있다.

옛날에는 탈바가지 화이바가 없었다. 화이바는 전쟁 때 군인들이 철모 안에 쓴 것인데 총알이 철모를 뚫고 들어와도 화이바는 못 뚫고 빙 돌아 떨어진다고 해서 쓰는 것으로 알았다. 그 화이바를 이제는 공사장 인부가 쓰고 오토바이 타는 사람이 쓰고 다닌다. 화이바가 없던 시절 광부나 공사장 인부들은 무엇을 썼는지 모르겠다. 아마 수건으로 머리를 동이고 일하지 않았나 생각한다.

내가 화이바를 처음 써 본 것은 여행 가서 북한군이 파 놓은 땅굴 속을 구경갔을 때였다. 나와 아내는 그 화이바를 쓰고 제1, 제2, 제3, 제4 땅굴을 모두 구경했다. 마지막으로 쓴 것은 강원도 산골짝 아들이 근무하던 해안이라는 곳에 갔을 때였다.

화이바는 바가지다. 농부들은 군인들이 버린 것을 주워 작대기 끝에 달고 똥바가지로 썼다. 그때 그만큼 오목하고 튼튼한 바가지가 없었다. 원래 옛날 바가지는 우리 어릴 때 시골 초가집 지붕 위에 있었다. 어린 박은 속을 파서 나물로 해 먹고 늙어 여문 박은 삶아 말려 바가지로 썼다. 엄마는 그 바가지로 쌀을 씻고 물을 펐는데 오래 사용하면 닳고 갈라져 바늘로 기워 사용하기도 했다. 내가 혀에 혓바늘이 나면 엄마는 바가지에 돌이 박혔다고 바늘로 바가지에 박혀있는 돌을 빼내었다. 그러면 신기하게도 혓바늘이 없어졌다. 그때 박은 흥부 놀부가 타던 박으로 지금까지도 우리 노래에 남아있다.

언젠가 영국 여왕이 안동 하회마을에 가서 탈바가지를 보고 갔다고 하지만 그 탈바가지는 나무로 만들어 얼굴에 쓰던 것으로 머리에 쓰는 것이 아니다. 나는 쭈그러지고 턱이 없는 그 탈바가지가 싫었다. 더욱이 긴 담뱃대를 들고 어깨춤을 추는 것이 이상하고 싫었다.

화이바 탈바가지는 건축하는 사람이나 오토바이 타는 사람들이 꼭 써야 하는 필수품이지만 킥보드 타는 아이들은 아무리 쓰라고 해도 잘 안 쓴다. 그들은 킥보드를 타고 인도를 마구 헤집고 다니고 아무 곳에나 버린다. 버리는 것도 길 한쪽에 버리는 것이 아니고 길 가운데 세워두고 가 버린다. 지나는 사람들은 그 킥보드를 보고도 그냥 지나친다. 아이들이 어디서 보고 있다가 시비를 걸 것 같아 못 본 채 지나간다. 나도 이따금 쓰레기봉투를 들고 다니며 산책길에 버려진 담배꽁초나 휴지를 줍지만 킥보드는 그냥 둔다.

하얀 탈바가지 하나가 한 달이 지나도록 길옆 화단에 버려져 있다. 나는 그 탈바가지를 볼 때마다 부모 새들이 품었다 버린 새알 같다는 생각이 든다. 그 속에 태어나지 못하고 말라 죽어버린 새끼 같은 것이 있을 것 같아 무섭다. 누군가 치워주고 나뭇가지에 걸어 주기라도 하면 얼마나 좋을까 생각하며 오늘도 그 곁을 그냥 지나친다.

쓰레기

한밤중에 쓰레기를 버린다. 못 버리는 것을 몰래 버리는 것이 아니고 한밤중이 조용하여 그때 버린다. 무엇인가 잘못 버리는 것 같아 겁이 난다. 나는 쓰레기를 버릴 때마다 허전하다. 쓰레기 같은 것이 아직 세상에 있는 것이 부끄럽기도 하고 미안하기도 하다. 쓰레기를 버린 나를 싣고 가는 엘리베이터 소리가 무섭다.

오늘도 한밤중에 쓰레기를 버린다. 산 위에 별이 반짝이고 있고 그믐달이 희미하게 떠 있어 밤길은 적적하고 조용하다. 밤하늘에 누군가 커다란 빗자루를 들고 내 등 뒤에 서 있는 것 같다. 나는 손톱만 한 작은 종이 조각을 버릴 때가 제일 좋다. 하늘 우주가 열려있는 봉지 속까지 내려와 있는 것 같아 좋다. 나는 그 적막이 무섭고 좋다.

나는 한때 내 마지막 직업은 무엇을 할까 고민했다. 공무원, 회사원, 농부, 경비원 별의 별것을 다 해보았으나 쓰레기를 치우는 청소부는 해보지 않아 청소부가 되고 싶었다. 그러나 끝내 청소부는 하지 못했다. 하지만 내가 산책하는 시외 들길을 걸으며 이따금 담배꽁초, 쓰레기를 줍고 있으니 내 소원이 이루어진 것 같아 안심이 된다. 처음 내가 쓰레기를 주울 때는 조금 부끄러웠으나 지나가는 분들이 고맙다고 인사를 하여 이제 부끄럽지 않다. 토요일, 일요일이면 뛰는 사람, 자전거를 타고 가는 사람들도 인사를 한다. 그러나 쓰레기 줍기도 쉬운 일이 아니라는 것을 알았다. 쓰레기 집게를 집에 가져오기가 싫어 풀숲에 숨겨 두고 사용했는데 어느 날 보니 그 집게가 없어졌다. 새것이라고 누가 가져갔다. 그래 할 수 없이 다시 집게를 사서 쓰레기를 주운 다음 이제는 집으로 가져온다.

나는 쓰레기를 주우며 나만 쓰레기를 줍는다고 생각했으나 고맙게도 줍는 사람이 많다는 것을 알고 놀랐다. 장화를 신고 개울 물속에 들어가 줍는 사람도 있고 쉼터에도 누군가 대나무 빗자루를 사다 놓고 청소하는 사람도 있었다.

나는 남극의 곰을 살린다고 모금하지 말고 폐지 줍는 할머니들을 위해 모금하면 얼마나 좋을까 생각하고 있다.

아무거나

우리 아파트 앞에
꽈배기 파는 여인이
신체 기증 서약을 했다고 해서 놀랐다

신랑도 하고 자식들도
모두 따라 했다고 했다

나는 고마웠다
왜냐하면 그날 나는 예수 믿는 그 여인에게
세상에 온 것은 한 번뿐이니
우주가 없어져도 끝까지 살아남아야
한다고 말했기 때문이다

우주가 없어져도
숟가락이나 밥그릇 같은 것이라도
남아 있어야 한다고 말했기 때문이다

그날 나는 신체 기증한다는 말은 들었어도

기증을 서약한 사람은 처음 보았다

나는 천사가 어떻게 생겼는지
보지 못했지만
그 여인이 천사처럼 보였다

그 여인에게 내가 조심스럽게 말했다
세상 떠날 때 다 준다고
아무거나 주면 안 된다고

백록담

제주도에 두 번 갔으나
한라산은 오르지 못했다

제주도에 간 김에
백록담을 한 번 보고 싶었으나

백록담에 먼저 갔다 온 친구가
백록담에 소똥이 있다고 해서

한라산 밑에서
한라산만 보고 왔다

그림자

나는 살면서 내가 세상에 살기 적합한 사람이라고 생각해 본 적이 없다. 부적하게 나서 자꾸 자라 어른이 된 것이 부적하였다. 나는 부적하였다. 장가간 것이 부적하고 자식을 낳은 것이 부적하였다. 나는 자식들에게 미안했다. 나는 자식을 보며 속눈물을 흘렸다. 세상에 있게 한 것이 미안했다. 나는 항시 세상을 떠나고 싶었다. 도망가고 싶었다.

나는 처음부터 세상 사람과 어울려 사는 것이 부적하였다. 세상은 나에게 부적하고 나는 세상이 부적하였다. 그래서 나는 존재하기 보다 없어지고 싶었다.

나는 알고 있었다, 내 그림자가 나라는 것을. 내가 가서 그림자가 따라오는 것이 아니고 그림자가 가서 내가 따라갔다. 나는 희미하였다. 땅이 희미하고 가는 길이 희미하여 어디로 가는지 모르고 갔다. 나 혼자 갔다. 나 혼자 내 그림자를 따라갔다. 나는 나 없는 세상에 그림자 혼자 있기를 바랐다. 내게 부적한 내 그림자. 나는 도망갔지만 나보다 그림자가 먼저 도망갔다. 그림자가 할 일 없이 서 있으면 나도 할 일 없이 서 있었다. 피곤하여 쉬고 있으면 쉬고 있는 그림자. 나는 마침내 알았다. 내 그림자는 내가 세상에서 없어지기를, 존재하지 않을 때까지 기다리고 있다는 것을 알았다.

나는 종교가 무엇인지 몰랐다. 왜 종교가 있는지 몰랐다. 나는 종교가 싫었다. 세상에 와서 우는 사람이 싫었다. 나는 내 생각을 내 그림자에게 말하고 싶었으나 그림자가 아무 말 하지 않고 있어 말을 할 수 없었다. 그림자는 내 곁에 있었으나 나는 내가 누구인지 왜 사는지 모르고 살았다. 그래서 나는 허무하였다. 날 때부터 허무하였다. 누군가 잊어버리고 찾지 않는 이상한 것이었다. 나는 언제나 살아있는 것이 허무하였다. 낮에는 해가 있어 숨을 곳이 없었고 밤에는 내 그림자가 없어 내가 없었다. 나는 사는 것이 부적하고 죽는 것도 부적하였다. 세상에 존재하는 것이 부적하였고 나는 항상 사람 없는 곳에 있고 싶었다. 산속에 나무같이 있고 싶었다. 땅처럼 누워있고 싶었다. 내 그림자에 내가 누워있고 싶었다. 누워있다가 구름이 되어 바람 불면 구름처럼 흘러가고 싶었다.

나는 오늘도 세상을 데리고 가는 세상 그림자를 본다. 잘 가라고 인사도 못 한다. 나는 내 그림자가 떠날 때까지 기다린다. 언제일까 나와 내 그림자가 허무한 세상에 와서 허무하게 사라질 날이 언제일까 기다린다. 그런 날이 있을 것이다, 꼭 있을 것이다.

똥 덩어리

병원에 입원해 누워 있으니
옛날 고등학교 담임 선생님의
말이 생각나서 웃었다

총각은 금 덩어리이고
처녀는 은 덩어리이고
과부는 똥 덩어리라고 한 말이 생각나
웃었다

병원에 누워서야 알았다
늙어 혼자 되었으니 이제
똥 덩어리가 되었다는 것을

아들아 딸아

고향 목사님의 설교를 그대로 적는다. 지금도 동두천에는 미군 부대가 있고 미군 부대가 있으니 미군과 살고 있는 우리나라 여자들도 있다. 나는 미국 사람이 어떻게 우리나라 여자와 결혼하여 사는지 알 수가 없었다.

미군 부대 옆에서 미군과 살다가 결혼하여 미국으로 간 여인이 있었다. 왼팔에 마약 주사를 하여 퍼렇게 멍든 자국이 있는 그 여인은 남편을 따라 미국에 갔으나 미국인의 부모가 그 여인의 정체를 알고 좋아할 리 없었다. 구박 아닌 구박은 물론이고 한 식구같이 여기지도 않았다. 더욱이 남편은 미국에 오자 집에 들어오지도 않고 동네 여인들과 놀아났다. 미국에서 혼자 외톨이가 된 여인은 눈물 속에서 세월을 보내다가 어느 날 죽으려고 창고에 가서 밧줄을 달았다. 하염없이 울고 난 다음 그 밧줄에 목을 매려고 하는 순간 어디서 '딸아' 하고 부르는 소리를 들었다. 어디서 부르는 소리인지 모르지만 하늘에서 부르는 소리 같았다. 그 여인은 그 소리를 듣고 또 한 번 울었다. 그리고 돌아와 시부모님을 정성껏 모시고 살았다. 참으로 놀라운 일이 일어났다. 시부모님은 여인을 딸

같이 여겼다. 시부모님은 하나님이 천사를 보내어 주었다는 것을 알고 온 동네에 자기 집에 천사가 있다는 것을 알렸다. 밖으로 떠돌던 남편도 돌아왔다.

나는 목사님의 실화인 그 설교를 듣고 참으로 감동했다. 나도 언제 어디선가 '아들아' 하고 부르는 소리가 들릴 때도 있었지만 나서기가 부끄러워 사람들 속에 숨었다. 사람들 속에 숨어 있으면 나를 못 찾을 줄 알았지만 아득히 먼 곳에서 가끔 나를 찾는 소리를 들었다.

나는 알고 있다, 언젠가 하늘나라에 가면 거기 나를 기다리던 분을 만나게 된다는 것을. 그때는 어쩔 수 없이 내가 사람들 속에서 나와 그의 앞에 서겠지만 두렵다. '아들아' 하고 부른 그분의 얼굴을 바로 볼 수가 없기 때문이다.

한 번뿐

내 연설을 듣고 있는 여자들에게
말했다

우주 생긴 이래로
내가 있는 것은 처음이고
마지막이다

그러니 하고 싶은 것은 무엇이든
다 해보고 가거라

내가 연설을 하다 가만히
생각해 보니 안 되겠다 싶어
다시 말했다

하고 싶은 것 다 하다가는
쫓겨날지 모른다

그러니 하고 싶은 것 다 해도

아무도 모르게 조심해서
하라고 했다

그리고 아래와 같이 말하려다 그만두었다.

죄 없는 생명은 존재하지 않는다. 사람만 원죄가 있는 것이 아니다. 생명 있는 것은 모두 원죄가 있다. 원죄 없는 부모는 없다. 그러니 부모를 원망하지 말고 슬퍼하지 말아라. 죄도 폭삭 삭으면 좋은 거름이 된다. 열심히 살려고 하는 자에게만 생명은 소중한 것이다. 자손이 없는 것은 저승도 없다. 무위도식하는 것은 저승이 없다. 오늘도 나는 나보다 먼저 떠나가는 사람들에게 아쉬움으로 말한다. 벌써 가나? 조금 더 놀다가 가지.

없다

죽은 뒤에 살아와야 할 사람
없다

저승에는
오라고 해도 올 사람 없다

사람이 없으니
사람이 한 말도 없다

없다
없는 것을 있는 듯 말해도
없다

이승에서 버려졌으니
저승에는 버릴 것도 없다

없다
저승에는 사람 없다

없다
없으니
없어진 것도 없다

소리

살다 보니 강아지의 눈빛으로도 강아지가 무엇을 말하는지 알게 되었다. 눈치를 보고 배고프면 하소연하고 꾀도 부린다는 것을 알게 되었다. 어찌 강아지뿐이랴. 새 울음소리도 앉아있을 때와 날아갈 때의 울음소리가 다르고 혼자 있을 때와 무리를 찾을 때의 울음소리가 다르다는 것을 알 수 있다.

말 없는 돌도 아무 말 안 하고 있다는 것을 알 수 있고 나도 언젠가는 말할 수 있다고 말하고 있는 것을 알 수 있고 흐르는 물도 개울을 지날 때 소리와 바다에 가서 내는 소리, 구름 속에 숨어 있을 때의 소리가 다르다.

풀잎을 스치는 바람도 말하고 있다. 높은 나무를 지날 때 내는 소리, 낮은 나무를 지날 때 내는 소리, 큰 산 꼴짝을 지나며 내는 소리, 길 가다가 잠들어 있는 소리도 알 수 있다.

세상은 소리로 가득하다. 살아있는 것은 살아있다고 내는 소리, 죽은 것은 죽어있다고 내는 소리.

어찌 소리뿐이랴. 눈빛도 다르다. 미워하고 원망하는 눈빛이 다르고 사랑하고 용서하는 눈빛이 다르다. 세상에 살면서 이웃끼리 바라보는 눈빛이 다르고 우주 너머 그 너머 무한을 바라보는 눈빛이 다르다. 나는 알고 있다, 시 쓸 때의 눈빛과 시 안 쓸 때의 눈빛을. 나는 시 쓸 때의 내 눈빛이 제일 아름답다는 것을 알고 있다. 그러나 지금은 오래되어 늙고 희미하다는 것도 알고 있다.

한밤중에 반짝이는 수많은 별들 저마다 내는 눈빛이 다르고 달도 슬플 때와 기쁠 때가 있는 것 같고 뜨고 지는 해도 매일 다르고 하염없이 오고 가는 구름의 눈빛도 시시때때로 다르다.

눈빛을 숨길 수 있으리라 생각하지만 사랑하는 사람의 눈빛은 숨길 수 없고 얼마나 사랑하는지도 눈 속을 보면 알 수 있다.

만물은 있는 대로 존재하는 대로 소리를 내고 있다. 서로 듣고 보고 있어도 모르는 소리가 있지만 귀 기울이면 만물의 소리를 다 들을 수 있다. 나는 오늘은 무엇인가 슬픈 일이 있다며 말하고 가는 바람 소리를 듣는다. 발 하나 없는 아픈 비둘기의 눈빛을 보고 반갑다고 구구대는 소리를 들으며 그 조그마한 머리를 쓰다듬어준다.

산대미

산대미로 앞을 가린다는 말이 생각나 웃었다. 지금은 없는 아내가 한 말이다. 산대미는 싸리나무로 얼기설기 엮어 만든 소쿠리 같은 것인데 그것으로 부끄러운 곳을 가리고 살았으니 웃지 않을 수 없다. 나의 시는 나를 가리는 소쿠리였다. 참으로 한심하게 산 것이다.

내가 왜 시를 쓰는지 생각해 보니 나의 출생이 예수와 비슷했기 때문은 아닌가 생각된다. 예수는 엄마의 사랑을 받았으나 아버지의 사랑은 못 받았고 나는 나를 낳은 엄마의 사랑은 못 받았으나 아버지의 사랑은 받고 자랐다. 철이 들자 나는 가족 속에 외로웠고 친척들 속에서도 외로웠다. 나는 예수 엄마가 예수를 잉태했을 때 혼자 예수를 낳아 기르며 둘이 살지 않고 왜 시집을 갔는지 알 수가 없다. 나는 예수가 얼마나 외로웠는지 잘 안다. 나는 예수 엄마 때문에 예수가 죽었다고 생각하고 있다.

나는 여섯 살 때 아버지가 죽자 더욱 외로웠다. 예수는 목수 일을 배우며 살았으나 나는 아무것도 하지 않고 살았다. 하는 일이라고는 나도 모르게 집안의 종손이 되어 어릴 적부터 일 년에 열두 번도 넘는 제사를 지내며 살았다. 예수가 외롭게 산 것같이 나는 제사를 지내며 외로웠고 제사를 지내려고 집안사람들이 왔을 때 더욱 외로웠다. 예수는 끝내 피를 흘리며 죽었으나 나는 죽지 않고 할 일없이 살았다.

내가 시를 쓴 것은 중학교 3학년 때부터다. 여름방학 숙제로 낸 시가 우수작으로 당선된 후 시 모집이 있을 때마다 국어 선생님 때문에 자꾸 시 같지도 않은 시를 쓰게 된 것이다. 나는 그때부터 지금까지 16권의 시집을 냈다. 4년에 한 번씩 시집을 내었으니 64년이란 세월이 나도 모르게 흘러간 것이다. 나는 좋은 시를 썼을 때 사람들에게 보여주고 싶었다. 한 권의 시집 속에 한두 편 좋은 시가 있다고 생각했으나 사실은 한 권의 시집 속에 한 편의 좋은 시도 없었다. 평생 천 편의 시를 썼으나 한 편의 좋은 시, 시 같은 시가 없었다는 것은 참으로 부끄러운 일이다.

내가 가장 좋아하는 시인은 미국 시인인 로버트 프로스

트다. 그의 시 중 눈 내리는 밤 시골에서 말수레를 타고 가며 쓴 '나는 잠자기 전 몇 마일을 더 가야 한다. 나는 잠자기 전 몇 마일을 더 가야 한다'는 그 시구가 아직도 내 가슴속에 남아 있다. 중국 시 중에는 이태백의 시는 없고 두보의 시는 한 편 있다. 바람 불어 풋것이 어지러이 날고 떼지붕이 강 건너 날아갔다는 시인데 나는 그 시가 참으로 좋았다. 그가 늙고 병들어 장강 황학루에서 쓴 시가 좋다고 하는 사람이 있지만 나는 그 시가 무엇이 좋은지 모르겠다. 그리고 외국 시 중에 한솔 선생님이 번역한 노벨 문학상을 받은 이태리 시인 샹종펠스의 시를 보고 너무 놀랐다. 「송가」라는 시였는데 시를 그렇게도 쓸 수 있구나 하고 나도 그런 새로운 시를 써 보려고 해 보았으나 되지 않았다. 그의 시는 우리나라 이상 시인의 시보다 난해했으나 읽을수록 황홀하고 아득한 것이었다. 그때 내 주변에 문우들이 있었으나 그 시가 좋은 줄 아는 사람은 한솔 선생님과 나뿐인 것 같았다. 나는 한솔 선생님이 좋았다. 내가 문학의 밤 같은 데 초청을 하면 꼭 오셨다. 나는 신문에 좋은 시라고 난 것은 마음에 들지 않는다.

나는 시 대신 그림이나 음악에서 영감을 받고 시를 썼다. 나는 시보다 종교에서 시 쓰는 법을 배웠다. 왜 시를 써야하는지도 알았다.

나의 핸드폰에는 「뜸뿌기」 같은 동요도 있고 장미화가 부른 '허공을 날자 마음껏 날자 늦은 저녁이면 어떠냐' 하는 노래도 있고 베토벤의 「운명」 드보르자크의 「신세계 교향곡」 같은 것도 있다. 그러나 삼분의 일이 찬송가다. 나는 베토벤이 두드린 그 허공 적막을 함께 두드렸고 끝내 운명에 순종하고 타협하는 그의 노래에 숨죽여 울었지만 하늘을 향해 부르는 찬송가에도 귀를 기울였다.

나는 우리나라 국악에서도 「운명」 같은 훌륭한 음악이 있다는 것을 늦게야 알았다. 한이 맺힌 우리의 노래는 세상 어디에도 없다는 것도 알았다. 나는 그런 노래시가 쓰고 싶었다. 나는 평생 시도 아니고 수필도 아니고 소설도 아니고 산문과 운문이 같은 시, 그런 시를 쓰려고 노력했다.

나는 얼마 전 마지막 시집 『헛간』을 내었다. 그리고 꼭 한번 쓰고 싶었던 산문집 『날은 저물고』를 내었다. 컴퓨터를 할 줄 몰라 노트에 세 번이나 고쳐 쓰느라 평생 할 고생을 다했다. 책이 나오자 고마운 문우들에게는 보내었으나 나는 아직 책을 펼쳐보지도 않았다. 이성복 시인이 오셔서 내 책자에 오자가 두 군데 있으나 괜찮다고 해서 안심이 되었다. 버리려니 아까워 남은 시를 아래에 소개한다.

불 켜놓고 자도
잠이 온다

길고
긴 겨울

이제 늙어 불 켜놓고
눈 뜨고도 잔다

길고

긴 겨울

—「잠」 전문

양지쪽에 눈이 녹고
어디서 산새 우는 소리 들린다

아내 사는 산골짝
응달에 사는 새

봄이 오는가
내 뜰앞 양지쪽에 와
우는소리 들린다

—「산새」 전문

냄새난다
만지지 말아라

내 더럽다

만지면
냄새난다

－「내」 전문

생각해 보니 평생 아무것도 아닌 시를 썼지만 나에게도 시론 같지 않은 시론이 있다.

1) 시의 본질은 적막이다.
2) 절망 적막이 없으면 시는 존재하지 않는다.
3) 시는 그 적막을 넘어가는 적막이다.
4) 시의 본질은 적막강산이다.

은장도

은장도는 하얀 소복을 한 여인이 순결을 지키려고 가슴에 품고 있는 작은 칼이다. 은이 귀한 시절에 어떻게 그런 칼을 만들었는지 신기하기도 하다.

옛것을 두고 알아맞히는 TV 프로그램에 그릇, 서적…… 온갖 것이 다 나오지만 은장도는 보지 못했다. 나는 아직 보지 못한 그 은장도가 어떻게 생겼는지 참으로 궁금하다.

나는 지금도 은장도를 품고 혼자 평생을 살아가는 여인들이 있다는 것을 알고 있다. 세상 어느 나라에도 없는 여인들, 우리 엄마가 그랬다. 엄마는 내가 여섯 살 때 아버지가 죽자 아래 두 여인이 낳은 남자아이 다섯을 데리고 살았다. 나는 엄마가 우리를 기르느라 어떤 고생을 했는지 알고 있다. 그 많은 어려운 세월을 어떻게 보냈는지 다 알고 있다. 개가하라는 이웃 여인들의 유혹도 있었지만 끝내 우리들을 모두 다 잘 길렀다. 가슴속에 은장도를 품지 않고는 그렇게 살 수 없다는 것을 나중에야 알았다. 어느 날 엄마가 나에게 말했다. 네가 이 집의 주인이다. 네가 잘해야 된다고 했다. 그때 나는 엄마의 말이 무엇인지 알았으나 아무것도 하지 못했다. 엄마가 언제 세상을 떠났는지도 잊어버렸다. 지금도 시골에 가면 자식만 믿고 평생을 혼자 사는 여인들이 있다. 세상에는 없는 위대한 우리의 어머니다.

우리나라 역사에는 혼자 외롭게 사는 여인의 아름다운 이야기가 있다. 홀아비가 보쌈 해가는 이야기다. 시어머니는 알면서도 모르는 체했다. 가서 잘 살라고 속으로 빌었다. 동네에서도 다 알았지만 아무 일 없었다.

또 하나 잊히지 않는 이야기가 있다. 과거 보러 가던 선비가 산길을 가다 외딴 집에 혼자 사는 여인을 만나 하룻밤을 지내고 떠났는데 그 선비가 장원급제를 하여 고을 원님이 되어 돌아오다 혹시나 하고 들여다보니 그때 그 여인이 옛날같이 그대로 앉아 기다리고 있었다고 한다. 그래 반가워 가까이 가서 안아 보려 하니 폭삭 재가 되었다는 이야기다. 서정주 선생님이 해 주신 이야기다. 세계 어느 나라에도 그런 여인은 없다. 우리나라에만 있었다.

우리 동네에는 쌍과부 집이라고 하는 음식점이 있다. 며느리와 시어머니가 과부가 되었지만 둘이서 음식점을 하며 열심히 살았다.

결혼하여 살다 보면 이혼할 수도 있다는 것을 나는 안다. 혼자 세상을 떠도는 여인들도 있다는 것을 안다. 나는 그런 여인들을 보며 속으로 말한다. 걱정하지 말아라. 재혼하여 잘 살아라. 은장도를 품고 살았던 옛 어머니의 후손이 아닌가.

중학 2학년

나는 오랜 경비 생활을 끝낼 때쯤에야 알았다. 중학교 2학년 말썽 많은 그 아이들도 우리의 소중한 아들딸이라는 것을.

내가 근무하던 아파트 결손가정 대부분의 아이들은 세상에서 잊히며 헤매고 떠돌았다. 아무도 눈여겨보지 않는 외로운 아이들, 그들의 외로움을 나중에야 알았다.

초등학교를 졸업하고 중학생이 되는 것은 처음으로 세상과 마주하는 큰일이다. 그들은 세상에 적응하려면 어떻게 해야 하는지 몰랐다. 그때 부모가 곁에 있으면 다행이지만 한쪽 부모만 있는 집의 아이들은 대부분 비행청소년이 되었다. 사춘기로 접어드는 아이들은 못할 짓이 없었다. 그들끼리 모이고 밤을 새우며 놀았다.

내가 근무하던 아파트 뒤안 외진 정자는 그들이 모여드는 아지트였다. 무엇을 끓여 먹었는지 불이 나 마루가 탔다. 그들은 겨울에도 쓰레기 집하장에서 주워온 이불 같은 것을 덮고 놀며 밤을 지새웠다. 주민의 신고로 단속하러 가보면 그냥 아무 일 없이 모여 놀고 있었다. 나는 주민들의 잠을 방해하지 말고 조용히 놀라고 이르고 그냥 돌아올 수밖에 없었다. 그들 중에는 악동도 있었다. 소화전에 있는 소화기를 터뜨리고 도망을 갔다. 하루에도 두 번 이상 그런 일이 일어날 때도 있었다. 뛰어가 보지만 어떻게나 빨리 도망을 가는지 잡을 수가 없었다. 그리고 잡아보았자 타이를 뿐 어떻게 할 수도 없었다. 그들은 돈이 없었다. 소방호스 전에 있는 신주를 훔쳐 가고 자전거 보관함의 자전거를 절단기로 끊고 훔쳐가 팔아 용돈으로 썼다. 그들은 훔친 자전거를 타고 다니다 아무 곳에나 버렸다. 주민들은 잃어버린 자전거를 이웃 동네 아파트에서 찾아오기도 했다. 한 번은 여자아이 둘이 자전거를 훔치려다 나에게 잡혔다. 내가 왜 훔치려고 했느냐고 물으니 다른 아이들이 타고 다니는 것이 부러워 가져가서 타려 했다고 했다. 나는 그 아이들을 타이르고 그냥 둘 수밖에 없었다. 파출소에 신고해 보았자 훈방하고 돌려보냈다.

한 번은 밤중에 주민의 신고가 있어 가보니 커다란 방에 아이들 40여 명이 모여 있었다. 이웃 동네 아이들까지 있었다. 참으로 놀라운 풍경이었다. 그 집은 부모가 외지에 가 없고 여자아이 혼자 사는 집이었다. 그들 중에 고등학생쯤 되는 키가 큰 남자아이 하나가 일어나 친구 집에 놀러와 있는데 무엇이 문제냐고 물었다. 나는 할 말이 없었다. 방안을 살펴보았으나 아무 일 없었다. 문밖에 빈 과자 봉지만 몇 개 있었다. 나는 주민이 자꾸 신고를 하니 조용히 놀다 가라고 하고 돌아올 수밖에 없었다.

또 한 번은 밤중에 창밖으로 불꽃이 터졌다. 동쪽 아파트 끝에서 터지더니 위층 서쪽에서 터졌다. 잠자던 주민들이 놀라 밖으로 나왔다. 나는 경비원 둘을 데리고 잡으러 갔으나 어디 숨었는지 잡을 수가 없었다. 나중에 안 일이지만 간호사로 일한 주민이 육아원에서 다 죽어가는 아기 하나를 입양해 키웠는데 중학생이 되었을 때쯤 술에 취한 남편이 아이에게 이야기를 해버려 그 아이가 그렇게 반항아가 되었다고 했다. 입양해 기르면 국가에서 주는 보조금이 있어 아이를 위해 적금을 들고 있었는데 남편이 술값을 주지 않는다고 그 아이에게 주워온 아이라고 이야기를 해버린 것이었다. 그리고 또 하나 잊히지 않는 것은 교복을 입은 여중생 하나가 술이 취해 어린이 놀이터에서 구토를 하고 있었는데 키가 큰 청년 하나가 무엇을 어떻게 하려는지 일으켜 데리고 가는 일이 있었다. 내가 그때 그 여자아이를 돌보지 못한 것이 지금도 죄스럽다.

내가 퇴직할 때쯤 불꽃놀이하던 아이는 식당에 취직을 해서 거기서 만난 여자와 결혼을 한다고 했다. 멀리 살던 여자아이 엄마가 와서 혼사가 이루어졌다고 했다. 그러나 나는 며느리가 되는 여인이 아기를 갖지 못한다는 이야기를 듣고 참으로 안타까웠다.

내가 경비하면서 본 대부분 결손 가정의 아이들은 불량아는 아니었다. 2학년이 지나고 3학년이 되면 고등학교에 진학하기 때문에 흩어져 제 갈 길을 갔다.

나는 지금도 중학 2학년을 잘 지켜보아야 된다고 생각한다. 한 해만 참고 잘 돌보면 되는 착한 우리들의 자식이기 때문이다.

짝짜비

세상에는 무엇이든 하는 일이 어둔한 사람이 있어 보면 짝째비다. 나는 아주 짝째비는 아니고 왼손 짝째비다. 그러나 세상에는 오른손 쓰는 사람이 많으니 왼손 짝째비는 이상하다.

나는 부엌칼 쓰는 것이 짝째비이고 가위 쓰는 것, 망치 쓰는 것, 호미 쓰는 것은 짝째비다. 나는 날 때부터 왜 자꾸 왼손을 쓰고 싶어지는지 나도 알 수 없다. 그래도 글 쓰는 것은 오른쪽으로 쓰고 있으니 참으로 다행이다.

나는 어려서 숟가락으로 밥을 먹을 때 왼손으로 먹고 싶었다. 엄마가 자꾸 꾸중을 해서 할 수 없이 오른손으로 밥을 먹게 되어 고맙게도 왼손잡이가 되지 않았지만 왼손으로도 밥은 잘 먹는다. 그러나 어쩌다 스테이크 같은 것을 먹을 때는 오른손으로 썰어야 하는데 부끄러워 남의 눈치를 살핀다.

내가 초등학교 때 처음으로 반 대항 야구 시합이 있었다. 우리 반은 야구선수가 없었다. 대부분 글러브 같은 것을 처음 보는 아이들뿐이었다. 담임 선생님이 한 사람씩 공을 던져보게 하였는데 나는 하기 싫었지만 내가 한 번 공을 받는 것을 보고 나한테 포수를 시켰다. 나는 그때 왼손 짝째비라 글러브를 왼손에 끼고 공을 받고 공을 던질 때도 글러브를 벗고 왼손으로 공을 던지고 싶었지만 그렇게는 할 수 없어 오른손으로 공을 던졌는데 공이 제대로 갈 리 없었다. 그날 나는 투수가 던지는 공을 쳤는데 어디로 뛰어가는지 몰라 우왕좌왕했다. 선생님이 뛰라고 하여 뛰었는데 그만 아웃이 되고 말았다. 그 후 나는 누가 야구 얘기를 하면 야구 포수를 했었다고 자랑했다.

나는 야구선수가 되려고 수성천에서 자갈을 공으로 생각하고 오른손으로 계속 자갈 던지는 연습을 했다. 오른쪽 어깨가 아팠으나 계속하여 드디어 왼손으로 던지는 것이나 오른손으로 던지는 것이나 가는 거리가 거의 같게 되었다.

6 · 25 전쟁이 끝나자 우리는 다시 야구를 했다. 이웃 동네 아이들과 시합을 했는데 공은 몰랑몰랑한 정구공이고 방망이는 공사장에서 주워온 각목을 대충 깎아 만든 것

이었다. 그리고 글러브는 직물공장에서 버린 마분지로 만들었다. 우리는 일요일마다 바람이 불면 먼지가 날아오르던 대구농고 운동장에서 시합을 했는데 야구 규칙을 아는 사람이 없어 공이 땅으로 구르든 공중으로 날아가든 똑바로 들어가면 스트라이크였다. 그러나 울퉁불퉁하고 자갈이 있는 운동장이라 공이 똑바로 굴러갈 수 없었고 공중으로 날아간 것은 한정 없이 멀리 가 주우러 가는 것이 싫어 시합하는 시늉만 하고 끝이 나곤 했다. 야구는 일본인이 미국인에게서 배웠고 우리는 일본인에게서 배웠다는 것을 나중에야 알았다.

그때 야구 명문으로는 사촌 형이 다니던 대구상고와 계성고등학교가 있었는데 시합은 언제나 대구상고에서 했다. 두 학교가 시합을 했지만 계성고등학교가 계속 졌다. 그때 나는 이상한 것을 보았다. 투수가 1루에 공을 던지고 1루수는 다시 공을 투수에게 던지는 시늉을 하면 투수는 또 받는 시늉을 했다. 그러면 1루에 나가있던 주자가 공이 투수에게 건너간 줄 알고 1루 베이스에서 발을 떼면 아웃시키는 것이었다. 한 번뿐이 아니고 몇 번이나 그렇게 하는 것을 보았다. 나는 지금도 야구를 그렇게 해도 되는지 궁금하다.

나는 군에 입대해서 총 쏘는 연습을 할 때 자꾸 왼쪽으로 총을 쏘고 싶었다. 그러나 그렇게 버릇이 들면 안 될 것 같아서 오른쪽으로 연습하고 또 연습해서 우리 소대에서 하나밖에 없는 특등사수가 되었다. 그때 받은 손바닥만 한 상장이 있었는데 어디 있는지 모르겠다.

왼쪽 짝째비는 참으로 불편했다. 과수원 농사를 하며 전지를 할 때 왼손으로 만든 가위가 없어 잘 잘리지 않았다. 호미도 그랬다. 그리고 지금도 강아지 털을 깎을 때 왼손으로 만든 가위가 없어 잘 잘리지 않아 애를 먹는다. 철물점에 가서 왼손 가위가 있는지 물어보고 싶었으나 아직 물어보지 못했다.
세 살 버릇 여든까지 간다고 나는 아직 반 짝째비로 살고 있다. 다행히 야구선수 중 짝째비 선수가 많아 다행으로 여긴다. 왼손 짝째비가 홈런을 치면 아군이든 적군이

든 가리지 않고 박수를 친다.

햄스터

의정부에서 은행나무 단풍이 제일 아름다운 곳은 의정부 북쪽 송산 주공아파트 뒤 개울가이다. 내가 경비원으로 근무할 때 고압 전선이 철거되고 단지 뒤로 흐르던 개울이 정리되어 가로등이 설치되고 어디서 옮겨 온 커다란 은행나무가 산책로를 따라 줄지어 심어졌다. 그 은행나무는 처음에는 볼품이 없었지만 삼 년이 지나자 차츰 자리 잡아 가을이면 노오란 단풍이 참으로 아름다웠다. 늦은 오후가 되면 지는 햇살에 더욱 화안하게 아름다웠다. 몇 해가 지나자 개울은 갈대가 우거지고 봄이면 중랑천을 따라 산란하러 온 잉어와 붕어가 떼 지어 몰려왔다. 밤이면 물오리가 들고양이에 잡혀 퍼덕이며 우는소리도 들렸다. 나는 경비 반장이라 밤마다 순찰하며 아파트 뒤 안을 나와 개울가 다리 위에서 다리 아래 어둑한 풀숲을 살폈다. 내가 거기 커다란 햄스터 한 마리를 버렸기 때문이다.

내가 근무하던 초소에 어느 날 초등학생이 종이상자에 토끼만 한 햄스터 두 마리를 가져왔다. 엄마가 버리라고 하여 가져왔다고 하며 나보고 기르라고 하였다. 내가 기를 곳이 없다고 아무리 말해도 그냥 두고 가버렸다. 상자는 햄스터 오줌에 젖어 심한 냄새가 났다. 초소 안에 둘 수 없어 초소 뒤 단풍나무 아래 두고 걱정하며 퇴근했다. 이튿날 출근하여 단풍나무 아래에 가보니 햄스터는 없었다. 주변을 살펴보았으나 어디 갔는지 없었다. 그리고 그날 오후 우편함에 관리비 고지서를 넣다가 깜짝 놀랐다. 없어진 햄스터 한 마리가 거기 있었다. 한 마리는 없고 한 마리만 있었다. 그날 나는 어떻게 할까 생각하다가 그 햄스터를 개울에 가서 다리 아래 풀숲에 던졌다. 나는 그 햄스터가 히말라야에 사는 사람들이 기르는 짐승이라는 것을 알고 있었다. 부엌에서 기르며 손님이 오면 잡아주는 짐승이라는 것을 TV를 보고 알고 있었다. 그래 추운 곳에 살던 짐승이라 우리나라 겨울에도 살 수 있으리라는 한 가닥 희망을 가지고 다리 아래에서 살라고 버린 것이다.

나는 오래전 막내딸이 새앙쥐 같은 하얀 햄스터 두 마리를 새장에 넣어 가져와 기른 적이 있었다. 나는 먹이 주는 것이 귀찮고 깔아놓은 톱밥을 청소하는 것이 싫었다. 나는 햄스터가 새끼 낳기를 기다렸으나 새끼를 낳지 않았다. 딸에게 전화하니 먹이가 부족하면 어미가 낳은 새끼를 잡아먹는다고 했다. 나는 그날 새장에 햄스터가 든 채로 버렸는데 지금 생각해도 어디다 버렸는지 알 수가 없다.

나는 주공아파트 2단지에서 7년을 근무하고 나이가 많아 퇴직했다. 그러나 가을이 되어 은행잎이 노랗게 물들 때면 단풍을 구경하려 아파트 단지 뒤안 개울가에 갔다. 은행나무 단풍잎은 달려 있을 때도 아름답지만 겨울이 오느라 바람에 떨어져 내릴 때가 더욱 아름답다.

나는 퇴직 후에도 그 단지 곁을 지날 때면 다리까지 가서 다리 아래를 내려다본다. 풀숲은 아무런 움직임도 없었다. 하나의 작은 생명이지만 버린 죄책감이 있어 슬퍼하며 다리 아래를 살핀다.

때죽나무

보리누름에 햇늙은이 얼어 죽는다는 5월 중순 한낮 하늘에 구름 없고 산하에 햇빛 밝을 때 때죽나무 꽃은 핀다. 멀리서 보면 나뭇잎에 가려 잘 안 보여도 때죽나무 아래서 올려다보면 진주 눈물방울 같은 하얀 꽃봉오리들이 가득 달려 있다. 때죽나무 꽃은 산에 진달래, 생강나무 꽃이 피었다지고 아카시아꽃이 필 때 핀다.

때죽나무는 한국, 중국, 일본에만 있는 낙엽소교목이지만 때죽나무 꽃을 보고 있으면 보고 있을수록 우리나라가 원산지인 것 같다. 나무의 키가 서양 사람같이 크지 않고 우리나라 시골에 사는 키 작은 우리 할아버지같이 조금 여윈 모습이다. 키가 다 커 보아야 5미터도 안 된다.

나는 산에 있는 때죽나무를 눈여겨보지 않았다. 진달래나 길가에 심어져 있는 개나리 같은 것은 꺾어와 꽃병에 꽂아 아파 누워 있는 아내의 머리맡에 두었으나 때죽나무 꽃은 꺾어오지 않았다.

때죽나무 꽃은 봄이면 벚꽃, 개나리, 목련 같은 아름다운 꽃이 피었다 지고 그다음 해당화, 장미가 피고 쉴 새 없이 피는 꽃에 비하면 보잘것없는 꽃이지만 이상하게도 가까이에서 보면 볼수록 정이 가는 꽃이다.

내가 때죽나무 꽃나무를 눈여겨보게 된 것은 대구의 유명한 백화점 회장님 댁에 갔을 때였다. 그때 나는 거기 말단 직원이었지만 꽃 재배 1급 기능사여서 회장님 정원을 틈나는 대로 돌보았다. 첫날 정문을 들어서자 커다란 정원 한가운데 하얗게 꽃 핀 때죽나무 한 그루가 심어져 있는 것을 보았다. 나는 그때 그 때죽나무가 회장님이 제일 소중히 여기는 꽃나무인 것을 알았다. 산에 가면 흔히 볼 수 있는 때죽나무를 꽃나무로 심어놓은 그 놀라운 지혜에 감동하고 존경하게 되었다. 그때 나는 성경에 건축가가 버린 돌이 큰 건물의 머릿돌이 된다는 명언을 다시 한번 생각했다.

때죽나무 꽃은 꽃봉오리를 맺을 때부터 아름답다. 하얀 꽃은 서로 다투지 않고 소리 없이 숨어 커지는 것이 아름답고 활짝 다 피어 꽃이 만개할 때는 눈이 덮인 듯 아름답다. 그리고 한동안 그대로 달려 있다가 떨어질 때는 꽃

잎이 시들지 않고 그대로 떨어져 땅을 눈처럼 하얗게 덮어 아름답다. 더욱이 산에 핀 때죽나무 꽃은 개울에 떨어져 하얗게 흘러갈 때 더욱 아름답다. 어디 그뿐이랴 때죽나무는 꽃이 진 뒤에도 진주 같은 열매가 가을까지 달려 있어 보면 볼수록 정이 가는 나무다.

나는 봄이 되면 또 하나 눈여겨보는 꽃이 있다. 이팝나무 꽃이다. 누가 쌀밥나무 꽃이라고 이름 지었는지는 모르지만 검둥 보리밥도 못 먹던 시절에 하얗게 꽃 핀 이팝나무 꽃을 보고 쌀밥나무 꽃이라고 했으니 백의민족인 우리 선조들의 모습이 떠오르게 하는 꽃이다. 두 꽃나무 모두 정이 가는 꽃나무지만 이팝나무 꽃은 햇늙은이 얼어 죽는 5월 찬바람에 사정없이 땅에 떨어져 불 꺼진 재처럼 사그라지는 것을 보면 참으로 애처롭다.

나는 때죽나무 꽃을 우리나라 꽃으로 하면 어떨까 생각한다. 하얗게 피어 함께 웃고 있는 꽃, 바람 불어도 화합하는 꽃, 물 위에 떠가면 더욱 아름다운. 옛 우리나라 할

아버지가 화안하게 웃고 있는 것 같은 때죽나무 꽃을 우리나라의 꽃으로 하고 싶다.

쌍가매

나는 머리에 가매가 둘이다. 왜 둘인지 나도 모른다. 내가 만들지 않았는데 내가 어떻게 알겠는가. 얼마 전 백내장 수술을 하고 두어 달 머리를 감지 않고 누워있으니 머리카락이 한쪽으로 자꾸 쏠려 더듬어 보다 가매가 둘인 것을 다시 알았다. 참으로 오랜 세월을 잊고 있었던 것을 다시 알게 된 것이다.

나는 초등학교 때 가매가 둘인 아이를 보고 나 같은 아이도 있구나 하고 다행으로 여겼다. 그뿐 아니었다. 우연히 가매가 앞이마에 있는 아이를 본 후 나는 가매가 둘인 것을 부끄럽게 생각하지 않게 되었다. 내 육촌 중에 손가락이 여섯인 육손이가 있었는데 나중 수술을 하여 다섯 개가 되었다. 나는 그 집에 갈 때마다 육손이를 낳은 아버지가 이상하여 자꾸 쳐다보았다. 내가 육손이가 되지 않고 가매가 둘인 것을 다행으로 여겼다. 그러나 나는 가매가 둘인 것을 평생 감추고 싶었다. 왜냐하면 가매가 둘이면 장가를 두 번 간다는 말을 들었기 때문이다. 장가를 두 번 가면 왜 안 되는 줄은 알지도 못하고 그냥 부끄러웠다. 초등학교 3학년 때쯤 나는 외아재에게 젓가락 두 개를 주고 가매 한 개를 팔았다. 나중에 아재는 가져간 젓가락을 돌려주었으나 내 가매는 없어지지 않고 그대로 있었다.

나는 청년이 되어 머리를 기르고 하이칼라를 하고 기름을 바르고 달군 쇠로 머리칼을 다듬었다. 나는 그때마다 가매가 안 보여 안심하였지만 천성이 머리에 기름 바르는 것을 싫어해 기름 없이 불고데를 하면 이내 머리칼이 한쪽으로 들뜨고 일어났다. 손으로 눌러도 소용없었다.

나는 가매가 둘이었지만 군대에도 가고 공무원 시험에 합격도 하고 장가도 갔다. 그 후 지금까지 장가를 두 번 가지 않았지만 그것은 공식적이고, 비공식적으로 몇 번 갔는지 아내가 모르고 세상 떠났으니 여기에 말할 수는 없다. 아내는 곰보였다. 얼굴에 곰보가 없었지만 등에 곰보 일곱 개가 있었다. 그러니 곰보와 가매 둘인 것이 만나 합하여 아이를 다섯이나 낳았으니 자식 농사는 잘한 것이라 생각한다.

우리 아버지는 가매가 하나였지만 장가를 세 번이나 갔다. 아버지 형제들은 일본에 살다가 돌아와 배워온 직조 기술로 베를 짜 큰돈이 벌리자 옛날 부자들이 그랬듯 모두 장가를 세 번이나 갔다. 막내 삼촌은 두 번 간 후 세 번째는 고등학교를 졸업하고 회사에 다니는 처녀에게 장가를 갔는데 거기서 난 사촌이 누구인지 나는 모른다.

아내가 오랜 지병으로 고생하다 죽은 지 삼 년이 지났다. 벽에 걸려있는 사진에 웃고 있는 아내를 보고 있으니 혹시 아내가 쌍가매는 아닌지 의심이 갔다. 그러나 평생을 같이 살면서도 아내의 가매를 보지 못했으니 알 수가 없다. 아내는 죽을 때 죄가 많아서 죽는다고 했다. 그 죄가 무엇인지 나는 하나는 알고 있으나 나머지는 모른다.

아내는 끝내 고향에 못 가고 타향 산속에 묻혀있다. 오늘은 웬일인지 아내가 보고 싶다. 죄지었으면 어떠랴. 할 수만 있다면 꼭 한번 보고 싶다. 세월이 자꾸 흘러간다. 가는 세월이 어디까지 가는지, 가야 할 길 끝이 어디인지 어디로 가야 하는지 아무리 보아도 보이지 않는다.

뚜레박이 잠자는 집

초가집에 살고 싶다
흙냄새 연기 냄새나는 방에
기운 옷 입고
짚베개 베고 자고 싶다

밤들면 먼 하늘이
문 앞에 와 기다리는 집
가물대는 호롱불 밑에
책을 보다 자고 싶다

가을이면 뒤안에 귀뚜라미 울고
부엌에 지렁이 우는소리
들리는 집

이제 혼자 사는 아파트 떠나
아주 오래전에 살던 고향
옛 시골집에 살고 싶다

떨어진 문풍지 사이로
별이 보이는 집
우물가에 뚜레박이 잠자는 집

못 볼 것

세상에는 볼 것이 많다. 모두가 처음 보는 것이니 보이는 것 모두가 신기하다. 그러나 세상에는 못 볼 것도 많다. 못 보는 것이 아니고 보면 안 되는 것도 있다.

어저께 신문에 초등학교 교감 선생이 몰래카메라를 설치했다가 쫓겨났다고 했다. 무엇이 그리 보고 싶은지 냄새나는 화장실에서 땀을 흘리며 고생했다고 생각하니 남자라는 것이 참으로 처량하기도 하다. 세상에 나올 때 그리로 나오면서 다 보았으련만 무엇이 그리 보고 싶었던지. 양수가 터져 뒤집어썼으니 잘 보이지 않았는지는 모르나 장가가서 마누라 것을 보면 될 터인데 무엇이 그리 보고 싶었는지 알 수가 없다.

아파트는 대부분 밤 열두 시가 지나도 불 켜진 집이 많다. 어떤 사람은 드론을 띄워 집안에서 무엇을 하는지 들여다보다가 잡혔다고 한다. 보고 싶으면 빨리 장가를 가면 될 것인데 그렇게 할 일이 없는지 불쌍한 생각이 들었다.

나는 퇴직하고 고향에 돌아와 산골짝을 개간하여 과수

원을 만들고 외딴 집을 짓고 살았다. 한밤중에 아내가 아이를 낳자 할 수 없이 내가 직접 손으로 받았다. 아내는 아이를 자주 낳아서 그런지 아무런 고통 없이 참으로 잘도 낳았다. 나는 그날 보았다, 참으로 보잘것없는 그곳에서 생명이 탄생하는 것을. 짐승이 새끼 낳는 것과 조금도 다름이 없었다. 내가 희미한 호롱불 아래 세상에 나온 것을 들여다보니 까만 것이 또 여자 같아 자세히 보니 고추가 달려있어 남자다 하고 말하자 아내는 고개를 돌려 나를 보았다. 세 번째까지 딸을 낳고 드디어 아들을 낳았으니 참으로 다행이었다. 아내가 어떻게 뒤처리를 했는지 나는 모른다. 아내는 며칠 지나지 않아 낳은 아이를 업고 머리에 함지박을 이고 시장에 채소를 팔러 갔다. 나는 그때 처음으로 수고하고 무거운 짐 진 자들아 다 내게로 오라고 한 예수의 말이 생각났다. 나는 가끔 남자가 그토록 보고 싶어 하는 그것을 여자도 보고 싶어 할지 모르겠다는 생각을 할 때가 있다.

내가 마지막으로 타향에서 아파트 경비원으로 일할 때였다. 주민 중 한 분이 늦게 귀가하면서 경비실에 들어와 가져오던 숭어회를 먹으라고 주었다. 공직에 있었으나 지금은 퇴직하였다고 하며 떠날 때 바지를 내리고 아랫것을 보여주었다. 참으로 놀라웠다. 거대했다. 거기에 옥가락지까지 끼여 있었다. 옛날 고향 특급 호텔에 근무할 때 사우나에서 본 미국인 것보다 훨씬 컸다. 사실 나도 미국인의 것은 클 것이라 생각했지만 내가 본 백인 것은 한국인 것보다 크지 않았다. 마른 한국인 중에 오히려 큰 것이 많았다. 그날 술이 취해 내게 회를 주고 간 그 주민은 부끄러운지 다시는 오지 않았다.

나는 고자도 보았다. 어릴 적 우리 집 앞 큰길 건너 혼자 살며 자전거 방을 하던 주인이 고자라고 하여 우리들은 그가 화장실에 갈 때마다 몰려갔는데 정말 아기같이 하얗고 조그마한 것이 참으로 예뻤다. 나는 요즘도 역사극에서 고자와 주모가 결혼하여 사는 것을 보았는데 어떻게 같이 사는지 궁금하다.

나의 아내는 파킨슨병으로 10년 넘게 고생하다 죽었다. 호스로 배에 구멍을 뚫고 죽을 먹이며 대소변을 내가 다

받아내었다. 나는 아내의 대소변이 전혀 더럽지 않았다. 그때 나는 못 볼 것을 참으로 많이도 보았다. 생명이 탄생하는 곳, 그곳이 더러우면 어떠랴. 나는 여자가 없으면 생명이 없다는 것을 안다. 참으로 여자는 귀한 존재가 아닌가. 큰소리치며 살아도 되는데 왜 그렇게 고생하며 사는지 모르겠다.

요즈음 여자들은 빤스와 내복 같은 것만 입고 다닌다. 자꾸 눈길이 가는 것은 어쩔 수 없지만 나는 안 본다. 여자들은 그렇게 해도 안 본다고 화를 내는 여인도 있겠지만 자꾸 보면 성희롱한다고 할 것 같아 안 본다.

얼마 전 신문에 아내가 불륜을 저지르는 것 같아 의심스러워 몰래카메라를 설치했다가 아내에게 고발당했다는 기사를 보고 웃었다. 부부가 무엇인지 모르는 여자 같아 웃었다.

세상에 볼 것이 많지만 여자의 그것만큼 보잘것없는 것도 없고 그것만치 희한한 것도 없는 것 같다. 사람이 하나님 닮았다고 하니 하나님도 그곳에서 나왔는지 모르겠다. 하나님도 냄새나는 곳에서 나와 지금 하늘에 있는지 모르겠다. 하늘을 보고 있으면 거기 어디서 하나님 냄새가 나는 것 같다. 생명은 냄새나는 것이니 말이다.

황사

여름이 끝날 무렵이면 어김없이 황사가 불어온다. 황사 하면 황해가 생각나고 중국 사막이 생각난다. 그 넓은 중국 땅에서 황사가 일어 우리나라로 날아오는데 무슨 수로 막을 수 있으랴. 없다.

몇 해 전부터 우리나라 사람이 중국으로 건너가 사막에 나무를 심는다고 고생했는데 심은 나무가 모두 죽었는지 아니면 심어도 소용없는지 해마다 황사는 불어온다.

황사는 내 어린 시절부터 불었다. 황사가 불면 눈을 뜨지 못하고 다녔다. 마스크도 없던 그 시절 집 밖에 나갔다 오면 모래가 입안에 버적거렸다. 그러나 그때도 우리나라 사람은 중국을 그리 나무라지 않았다. 황사가 분다고 꾸짖을 수 있는 일이 아니라는 것을 알았기 때문이다.

우리나라 사람이면 누구나 황사를 싫어하지만 나는 황사를 좋아한다. 일 년에 한두 번 중국에서 황사가 불어오기를 기다린다. 내가 초등학교 다니기 전부터 우리나라는 봄이면 송충이 천지였다. 송충이는 참으로 보기 흉했다. 그 털이 몸을 스치면 따갑고 가려웠다. 아무리 물로 씻어도 소용없었다. 어디서 송충이가 왔는지 송충이는 온산 소나무 솔잎을 갉아먹었다. 송충이가 덮인 산에는 얼마 지나지 않아 소나무가 누우렇게 말라죽었다. 그러나 여름 장마가 지나고 나면 소나무는 다시 살아나 참으로 다행이었다. 나라에서는 송충이를 잡는다고 송충이 튀김 같은 것을 개발했으나 먹는 사람이 없었다. 송충이는 새도 먹지 않고 닭도 먹지 않아 할 수 없이 구제사업으로 송충이를 잡게 했는데 그때 나는 이상한 것을 보았다. 송충이를 잡으러 온 어떤 여인이 송충이는 잡지 않고 감독과 아래 재궁 집에 방 한 칸을 얻어 하루 종일 방 안에 있었다. 어느 날 나는 그 감독이 문을 열고 나오는 것을 보았는데 늙은 얼굴이 다 죽게 되어 있었다.

나는 봄 소풍 때 산에 갔다 온 후 온몸이 가렵고 따끔거려 고생한 것을 지금도 잊을 수 없다. 그러던 어느 해였던가 심한 황사 바람이 불었다. 그 바람이 지나가자 산에 송충이가 모두 죽었다. 내가 가까이 가서 정말 죽었나 싶어 꼬챙이로 쑤셔보았더니 정말 모두 죽어있었다. 자세히 보니 누우런 황사가 덮여있어 숨을 못 쉬어 죽은 것 같았다. 송충이뿐 아니라 송충이 비슷한 것도 모두 죽어 없어졌다. 나는 참으로 다행으로 여겼다. 그래 해마다 봄이 오면 나는 중국에서 황사가 한 번씩 불어오기를 기다렸다. 나는 그때 처음으로 하늘이 송충이를 내고 송충이를 죽인다는 것을 알았다. 내가 중학교에 다닐 때쯤에는 농약이 발달하여 공동으로 농약을 치면 들녘에 있던 벌레들이 날아올라 제비들이 몰려들어 잡아먹고 농약에 중독이 되어 논두렁에 앉아있었다. 그 후 논에는 메뚜기도 없어지고 하얗게 몰려오던 백로도 오지 않고 뜸부기 소리도 들리지 않았다. 지금은 수성 들녘이 집들로 가득 찼지만 내 고등학교 시절까지도 거기는 보리밭, 나락 밭이었다.

나는 지금 코로나 전염병으로 모두 고생하고 있지만 걱정하지 않는다. 하늘이 사람을 내고 코로나를 내어놓고 사람이 어떻게 하는지 보고 있다고 생각한다. 나는 전염병 같은 것을 걱정하지 않는다. 송충이 때문에 다 죽었다고 생각한 소나무도 때가 되면 새순이 나와 다시 푸르게 살아나는 것을 보았기 때문이다.

반가사유상

턱을 고이고 있는 손가락이 곱다. 오랫동안 인생을 생각하고 있었으니 고단했을 것이다.

내가 처음 반가사유상을 본 것은 중학교 때 미술책에서였다. 그림이었지만 너무 아름다웠다. 나는 반가사유상을 본 순간 우리나라 국보 중 단연 최고라고 생각했다. 한번 안아보고 싶었다. 그 후 나는 반가사유상이 우리나라에 청동으로 만든 반가사유상이 두 개 있고, 일본에 목각으로 만든 것이 하나 있다는 것을 알았다. 언젠가 불상 셋을 TV에서 함께 본 적이 있는데 우리나라에 있는 청동으로 만든 불상보다 일본에 있는 목각 불상이 훨씬 아름다운 것을 알았다. 우리나라 것은 아무래도 거친 면이 있었으나 일본의 것은 너무나 부드럽고 아름다웠다. 세상 어떤 불상도 그만큼 아름다울 수는 없다고 생각했다. 나는 그 불상을 훔쳐 오고 싶었다. 관람하던 일본 대학생이 안아보려다 손가락 하나를 부러뜨렸는데 떨어진 작은 조각을 분석해 보니 일본에는 없고 우리나라에만 있는 소나무로 만든 것으로 백제에서 만들어 일본에 준 것으로 확인되었다.

나는 그 후에도 TV에서 불상을 자세히 볼 수 있었는데 머리에 쓴 관이 남자가 쓰는 관 같아 혹시 남자가 아닌가 의심하다가 치마같이 흘러내린 옷자락을 보고 여자 불상이라고 생각했다. 더욱이 미소 짓고 있는 모습이 여인 같았다.

나는 반가사유상 여인이 왜 눈을 내려 감고 웃고 있을까 생각하다가 아무래도 아무에게도 부끄러워 말 못 할 사정이 있는 것은 아닌가 하고 생각하게 되었다. 그래 더 자세히 살펴보니 아무래도 처녀가 아닌 것 같은 예감이 들었다. 아기를 낳은 30대 여인 같았다. 더욱이 청동으로 만든 우리나라 것은 약간 벌어진 입술 사이로 벌레 먹은 뻐드렁니가 보이는 것 같아 무섭기도 했다. 그러나 일본에 있는 반가사유상은 나무로 만든 것이어서 그런지 입 다물고 미소 짓고 있는 모습이 전혀 이상하지 않았다. 그러나 일본 불상도 처녀는 아닌 것 같았다. 갓 시집와 임신한 여인 같아 더욱 아름답게 보였다.

그 후 나는 반가사유상을 세계 명화인 모나리자의 미소

와 비교하게 되었는데 모나리자는 더욱 처녀는 아니고 아기 두어 명 낳은 과부는 아닌가 생각하게 되었다. 재혼을 몇 번 한 것도 같았다. 그 여인도 무엇인가 말 못 할 비밀이 있어 혼자 생각하며 아무도 모르게 웃고 있는 것 같았다. 반가사유상같이 눈을 반쯤 내려 감고 고개를 숙이고 있으면 똑같이 보이리라 생각했다.

나는 불교를 알게 되면서 부처님이 처음 비구니가 되려고 찾아온 여인들을 왜 허락하지 않았는지 알게 되었다. 부처님은 비구니가 되어 혼자 살려고 하는 여인들을 보고 아무래도 마땅치 않게 생각한 것 같다. 부처님은 여자들이 시집가서 자식 낳아 잘 기르게 하고 싶었던 것 같다. 여자가 아기를 낳지 않으면 어떻게 부처가 있고 인류가 존재하겠는가.

요즈음 여인들은 화장술이 발달하여 처녀나 부인이나 할머니도 화장을 하여 반가사유상 같은 모습을 하고 다닌다.

나는 여인들이 왜 짙은 화장을 하고 어떤 것은 반가사유상같이 위장하고 있는지 그 속내를 알고 있다. 아무리 생각해도 부처님이 왜 꾸중을 안 하는지 모르겠다.

실버타운

나는 지금 내가 세상에 와 있다고 반가워해주는 사람 하나 없는 빈들 끝에 와있다. 조금 있기는 했었으나 이제는 모두 세상을 떠나고 없다.

어저께는 아무도 모르게 혼자 포천 내촌에 있는 실버타운에 갔다. 스키장 입구에서 조금 더 산속으로 들어가 있는 5층 흰 건물인데 주차할 곳이 없어 비탈길에 주차했다. 정문 앞에서 눈이 희미한 할머니 한 분을 만나 여기 살기 어떻냐고 물었더니 9년 동안 살고 있는데 가고 싶으면 가고 오고 싶으면 오고 자유가 많아서 좋다고 했다. 지난달에 의정부 친척 집에 갔다 왔는데 천식이 다시 생겨 고생했는데 여기 와 있으니 다 나았다고 했다. 나는 속으로 나도 천식이 있으니 이 실버타운에 와서 살아야겠다고 생각했다.

출타한 간호사가 오기까지 나는 주변을 구경했다. 직원에게 물어보니 1, 2, 3층은 암 환자가 있고 4, 5층은 나이 많은 노인들이 살고 있다고 했다. 나는 이상하게도 암 환자와 살고 싶었다. 세상 끝에 와있는 사람들과 같이 있고 싶었다.

한 식경이 지나서야 기다리던 간호사가 왔다. 내가 어디 놀러 갔다가 그렇게 늦었느냐고 물었더니 마을에 일이 있어 갔다 왔다고 하며 반가워했다. 간호사를 따라 5층 비어있는 방을 둘러보았으나 너무 허름하여 있고 싶은 마음이 생기지 않았다. TV, 냉장고는 입주자가 갖고 와야 한다고 했다.

건물 밖으로 나오니 산속 햇빛이 너무 밝아 눈을 뜰 수가 없었다. 산책 나온 사람들은 모두 어디 갔는지 보이지 않았다. 나는 마지막 수필집은 여기 와서 써야겠다고 생각했다.

알고 보니 포천 실버타운은 세상 떠난 아내와 철원 고석정에 간다고 지나던 길 가까운 곳에 있었다. 집으로 오며 어쩌면 내가 와서 살 마지막 집같이 여겨져 자꾸 돌아다 보았다.

찾아갈 때 길을 잘 몰라 고생했는데 돌아올 때도 길을

잘 몰라 애를 먹었다. 집에 와서 지도를 보니 아내가 있는 산과는 가까웠다. 내일은 코로나 주사를 맞고 아들이 출장 가고 없을 때 다시 한번 가보려고 한다. 골짝 건너 큰 산이 있었는데 무슨 산인지 모르겠다.

있을 것이다

돌아오기를 기다리는
사람이 있을 것이다

억만 년 세월 저쪽에서
나 떠나보내 놓고
걱정하는 사람이 있을 것이다

있을 것이다
나 돌아갈 때 고생했다고
눈물로 맞아줄 사람이 있을 것이다

나 세상에서
잘 살지 못하고
눈물로 산 것이 부끄럽다
한숨 쉬며 산 것이 부끄럽다

보고 있었을 것이다
안 보이지만

나 세상에 보내 놓고 걱정하는
사람이 있을 것이다

무한 세월에 내 생명 하나
심어 놓고
걱정하며 보고 있는 사람이
있었을 것이다

돌구름

낯선 곳에 갈 때마다
작은 돌 한 개씩 주워왔다

개울가에 가면 햇볕에 마른
하얀 자갈돌 한 개

바닷가에 가면
바닷물에 젖어 있는
검은 조약돌 한 개

산에 가면 절 마당에 있는
먼지 묻은 산돌 한 개

주워와 탁자 위에 얹어놓고
흘러가는 구름이라 두고 보았다

아내 집에 있을 때의 일이다
어느 날 보니 그 돌구름이 어디 가고 없었다

아무리 찾아도 없었다

아파 누운 아내에게 물어보았으나
아내는 말이 없었다

아내 집 떠난 지 삼 년
어느 날 우연히 신발장에
아내가 비니루에 담아둔
구름돌을 보았다

나는 다시 그 돌들을
탁자 위에 두고 본다
어디 안 가고 떠돌고 있는 구름을

아내

아내 무덤 곁에
갔다가 알았다

세상에서 제일 편한 곳이
아내 무덤 곁이라는 것을

아내가 떠날 무렵
죄가 많아서 죽는다고 한 말이
잊히지 않는다

돌아오면서
자꾸 돌아보았다

세상 일 빨리 끝내고
그 곁에 가고 싶었다

추석

추석이라 산에 가서
아내에게 술 한 잔을 주었다

아내가 속상하다고
정종 한 사발을 먹은 적 있어

고향에서 가져온
안동소주를 가져가
한 잔 따라 주었다

석남사 도토리

타향이라 아는 사람도 없고 혹시 글 쓰는 사람 있을까 찾아보아도 없어 혼자 가까운 수락산 석남사에 자주 갔는데 그곳에도 가지 못하게 되었다. 석남사 안에서 도토리를 줍다가 늙은 여승에게 쫓겨났기 때문이다. 그래서 이제 석남사에는 가지 않는다.

석남사는 수락산 북쪽 골짝에 있다. 시멘트로 지은 커다란 절인데 언제나 인적이 드문 텅 빈 절이다. 어쩌다 한두 번 목탁 소리가 나고 염불 소리가 나면 그것이 오히려 이상했다. 나는 사람 없는 그 절이 좋아 그 절에 갈 때마다 절 뒤안을 한 번 둘러보고 작은 부처가 머리에 가득 붙어있는 불상을 돌아 누가 있는가 산을 한 번 살핀 후 산신각 처마 밑에 앉아 가지고 간 시작 노트를 꺼내어 보았다. 그날도 늦가을 바람에 낙엽 지는 소리가 들리고 그 소리 속에 어디선가 투닥투닥 도토리 떨어지는 소리가 들렸다. 그래 자세히 보니 산신각 주변에 커다란 도토리나무들이 있어 살찐 도토리가 가득 떨어져 있었다.

이튿날 나는 비닐봉지 한 개를 가져가 떨어진 도토리를

줍기 시작했다. 도토리는 아무도 줍지 않아서인지 산비탈 철조망 아래까지 떨어져 있었다. 내가 거기까지 갔을 때였다. 담 밖 개울에서 갑자기 큰소리로 여자의 꾸짖는 소리가 들려왔다. 깜짝 놀라 내려다보니 그 절에 있는 늙은 여승이었다. 무서운 눈으로 나를 노려보면서 절밖에도 도토리가 많은데 왜 절 안에서 도토리를 줍느냐면서 꾸중을 했다. 알고 보니 그 늙은 여승은 절 안에 떨어져 있는 도토리는 절의 것이라 그냥 두고 우선 절 밖에 있는 도토리부터 줍고 있었던 것이다. 나는 산에 있는 도토리라 그냥 주우면 되는 줄 알았는데 절 안의 것은 아무나 주우면 안 되는 줄 비로소 알았다. 그 여승은 내가 도토리를 주우러 담을 넘고 들어온 도둑처럼 여겼다. 자꾸 어디로 들어왔느냐고 물었다. 나는 정문으로 들어왔다고 말을 할 수가 없었다. 그 여승이 빨리 나가라고 자꾸 고함을 쳐 주운 도토리를 버릴까 망설이다 괘씸한 생각이 들어 조금 주운 도토리 봉지를 들고 산에서 내려오다 길에서 엄마와 함께 도토리를 줍고 있는 아기에게 주었다. 엄마는 고맙다고 자꾸 인사를 했다.

나는 그날 도둑 신세가 되어 도망치듯 그 절을 내려오고 말았다. 그 후부터 지금까지 나는 석남사에 가지 않는다. 석남사 오르는 길에 토종 살구나무 한 그루가 있어 살구가 익을 무렵이면 거기까지 가보고 싶었으나 가지 않았다. 혹시 그 무서운 늙은 여승을 만날까 두려웠기 때문이다. 내가 그때 도토리를 줍던 날로부터 10여 년이 지났으니 그 욕심 많은 늙은 여승이 죽었으리라 생각되지만 그 절에는 가지 않았다.

한 해가 저물어 가을바람이 불면 산골짝에는 도토리, 산밤 떨어지는 소리가 들린다. 산밤을 줍는다고 아내와 둘이서 앞산을 넘어 고산 신숙주 묘 앞까지 갔던 일도 옛일이 되었다.

우리 아파트 주민들은 어디 가면 도토리나무가 있고 어디 가면 밤나무가 있는지 알고 있다. 주워와 반으로 쪼개어 길에서 말렸다. 그렇게 하지 않으면 벌레가 많아 보관할 수 없었다. 우리 아파트 뒤안 뒷문 밖 근린공원에도 도토리는 있다. 언젠가 도토리를 주워 주머니에 넣어 와

삶아 베란다에 널어 말렸더니 푸른 곰팡이가 피어 모두 버리고 말았다. 나중에 안 일이지만 산에서 도토리나 밤을 다 주우면 산 짐승들이 굶어 죽는다고 하며 주운 것을 다시 산에 가져가는 사람도 있다는 것을 알았다.

우리 아파트 앞은 길 건너면 부용산이라 아카시아꽃이 피면 그 향기를 맡느라 밤에 창문을 열어두고 자고 아카시아꽃이 지고 산밤꽃이 피면 비릿한 냄새가 나서 문을 닫고 잤다. 근래에는 산에 도토리나 산밤을 줍는 사람이 없어졌다. 나도 벌레 먹은 산밤을 줍기 싫어 시장에서 밤을 사 먹는다. 이따금 석남사에 그 늙은 여승이 죽고 없는지 가보고 싶지만 이제 운전하기 어려워 가지 않는다. 가을에 근린공원 벤치에 앉아 도토리가 투닥투닥 떨어지는 소리가 들려도 줍지 않는다. 떨어져 굴러가는 것을 보아도 줍지 않는다.

몹쓸 풀

아침 산책하다
길옆 비탈에서 풀 줄기를 뜯어내고 있는
사람을 보았다

내가 무엇 하느냐고 물으니
며느리 밑닦게풀을 뜯어낸다고 했다
밑닦게풀 때문에 아래 풀이 다 죽는다고 했다

그는 시어머니와 며느리가
들에서 일하다가 며느리가 똥을 누면
시어머니가 닦으라고 뜯어주는
풀이라고 했다
내가 보니 잎과 줄기에 가시가 가득한
쐐기풀이었다

그는 아주 몹쓸 풀이라고 하며
맨손으로 풀을 뜯었다

어찌할꼬

이 노릇을 어찌할꼬. 내 딸들이 시집가서 엄마가 되더니 할머니가 되었다. 이 노릇을 어찌할꼬.

큰딸은 아들이 장가가서 손자를 보았으니 이미 할머니가 되었다. 어쩌다 한 번씩 올 때마다 보는 늙어가는 딸의 얼굴들. 이 노릇을 어찌할꼬.

산골짝 외딴 집에 살 때 겨울이면 뒤안 굴뚝 양지쪽에 저희끼리 모여 놀던 모습이 자꾸 떠오른다. 아버지 준다고 건너 산 양씨 문중에 묘사 떡을 얻어놓고 나 오기를 기다리던 딸들. 직장 갔다 돌아와 꼬리 달린 돼지고기 한 점을 찬 막걸리 한 잔과 먹던 그 고기의 맛은 세상 어디에서 먹어본 것보다 맛이 있어 잊히지 않는다.

나는 처가의 덕으로 깨 농사도 지어보고 호박도 심어보고 집 둘레에는 가죽나무도 심고 포도나무를 심은 뒤에 사과나무를 심었다. 그러나 한 번도 지어보지 못한 농사라 제대로 될 리가 없었다. 더욱이 직장에 다니면서 틈나는 대로 농사를 지었으니 마을 사람같이 되지 않았다. 가을이면 사과가 달려있어야 할 사과나무에 풋박이 달려있었다. 내 농사 수입은 때깔 없는 사과보다 풋박이 더 좋았다. 사과는 농협 차로 한 차 실어 공판장에 가도 하등급으로 취급되어 주스 공장으로 팔려갔다. 더욱이 운반비, 선별비를 주고 농협 빚 갚고 나면 한 해 농사는 언제나 적자였다. 그러나 사과나무에 달린 풋박은 아내가 한 함지박 이고 가면 목돈이 되었다.

아이들은 집 곁에 있는 아버지 묘가 놀이터였다. 손자 손녀가 묘를 오르내리며 놀았으니 그만큼 행복한 할아버지도 없었을 것이다. 내가 그때 아이들에게 사준 것은 세발자전거 하나가 전부였다. 그 세발자전거를 다섯이 탔으니 금방 망가졌다. 세발자전거를 타며 즐거워하던 아이들의 웃음소리가 귀에 들리는 듯하다.

내가 직장 가며 파밭, 정구지 밭을 매라고 하고 갔는데 돌아와 보면 하나도 매지 않고 사과나무 중 제일 맛있는 아오리 나무의 사과를 다 따먹어 큰딸을 처음으로 때렸는데 지금까지 가슴이 아프다. 아내는 등에 아이를 업고 봉덕시장에 푸것을 팔러 다녔다. 함지박을 이고 이마에 땀 흘리고 있는 아내의 모습이 보이는 듯하다.

우리 식구들은 일요일이면 말뫼못 위에 있는 양씨 문중산에 가서 갈비를 끌었다. 나는 갈퀴 질이 서툴렀으나 아내는 시골 여인이라 갈비를 잘 끌고 잘 모아 머리에 이고 집으로 가져왔다. 블록으로 지은 위풍이 심한 집이라 북쪽 벽에 쌓아두면 부자 같았다. 그때 아랫마을에는 전기가 들어왔지만 우리는 전기가 없이 호야불을 켜고 살았다. 동네 사람들은 내가 공무원으로 월급을 받는 줄 알고 아내가 돈을 꾸러 가면 잘 빌려주었다.

그 산골짝에서 삼 년이 지나자 딸들은 모두 상업여고에 들어갔고 졸업하자 모두 취직을 했다. 큰딸은 큰 제과 회사의 경리로 들어가서 제과 감독까지 하게 되면서 아내는 함지박 장사를 그만두고 딸의 회사 사원 식당 일을 하게 되었다. 퇴근할 때는 팔지 못한 빵과 카스텔라를 한 자루씩 가져와 동네 분들에게 나누어 주었다. 동네 사람들은 우리가 잘 사는 줄 알고 돈을 꾸러 왔다. 사실 나와 아내 그리고 딸 셋이 돈을 벌었으니 그때가 제일 행복한 시절이었다.

봄이 오면 뒤안에 심어놓은 가죽나무에서 가죽잎 따던 일이 생각난다. 딸들도 그때 일이 생각나는지 두릅이 날 때면 두릅과 가죽잎을 사서 보낸다.

나는 구식 사람이라 방정환 선생이 왜 어린이날 같은 것을 만들었는지 알 수가 없었다. 지금은 어버이날, 근로자의 날, 성년의 날 별의별 것이 다 있다. 내가 홀아비이니 홀아비 날 같은 것은 없는지 아무리 달력을 보아도 없다. 어디 홀아비 뿐인가. 과부의 날 같은 것은 없나 생각하며 웃는다.

오래 사니 딸들이 고생이다. 어버이날, 생일날, 자기 엄마 제삿날 그때마다 용돈을 주어야 하니 보통 일이 아니라는 것을 알고 있다. 지난해에는 내 생일이라고 횟집을 갔는데 올해는 집 가까이에 있는 돼지갈빗집에 간다고 한다. 이 노릇을 어찌할꼬.

소리쟁이

나는 산책할 때마다 풀숲에서 유난히 키가 큰 소리쟁이를 보며 저것을 어떻게 잘 키워 사람에게 유용한 채소로 만들 수 없을까 생각한다. 잎이 크고 넓고 어디서나 잘 자라고 해충에도 강하게 보였기 때문이다.

내가 식물도감에서 보니 소리쟁이는 우리나라 각처의 습지나 물가에 자라나는 다년초로 줄기는 곧게 서고 1m까지 자라는 큰 풀로 어린잎과 줄기는 나물이나 국거리로 먹는다고 했다. 그리고 소리쟁이는 참소리쟁이와 소리쟁이가 있다고 했다.

나는 산책할 때 개울가를 거닐며 두 가지를 다 보았다. 참소리쟁이 꽃은 다 피어도 푸르고 소리쟁이 꽃은 붉었다. 꽃만 붉은 것이 아니고 줄기도 붉고 아름다워 꽃꽂이 화재로 사용해도 되겠다고 생각했다.

나는 소나무 씨앗 큰 것이 잣이라고 생각하고 있다. 사람들이 먹는 곡식도 옛날엔 보잘것없는 들풀 씨앗이었지만 개발해서 밥으로 먹을 수 있는 곡식이 되었다는 것을 알고 있다. 사람들은 못 먹을 것을 먹게 만들었고 보잘것

없는 과실도 지금과 같은 것으로 만들었다는 것을 알고 있다.

그리고 제비꽃을 팬지로 탱자를 귤로 우리나라 산중에 있는 다래를 키위로 만들었다는 것을 알고 있다. 나는 꼭 한번 만들어 보고 싶은 것이 있다. 어름나무 열매다. 어름나무 열매는 바나나같이 생겼다. 언젠가 한 번 먹어보았으나 씨가 많고 별맛이 없었지만 나는 어름나무 열매를 볼 때마다 꼭 바나나 같은 것으로 만들어 보고 싶었다. 나는 우리나라 식물학자가 언젠가는 그렇게 만들 것이라 생각하고 있다.

나는 소리쟁이 이름을 외우는 데 애를 먹었다. 외워두면 잊어버리고 외워두면 잊어버렸다. 그 이름이 그랬다. 소리쟁이라니 무슨 소리가 나는지 소리쟁이 곁에 가 귀를 기울여도 아무 소리도 들리지 않았다. 소리쟁이는 소리도 나지 않는데 누가 그런 이름을 지었는지 알 수가 없다. 박주가리도 그랬다.

나는 오늘도 산책길을 걸으며 소리쟁이를 눈여겨보았

다. 가을이 가까워서 그런지 소리쟁이 붉은 꽃대가 더욱 붉게 보였다.

망초꽃

망초꽃이 언제 피는지 아는 사람 없다. 꽃이 피어도 보는 사람이 없으니 알 리가 없다. 망초꽃이 피어 언제 가장 아름다운지도 아는 사람 없다.

망초꽃이 가장 아름다울 때는 꽃망울을 맺을 때도 아니고 하얀 꽃잎이 다 피었을 때도 아니고 꽃이 질 때도 아니고 흰 꽃이 다 지고 난 뒤 푸른 꽃대가 노오랗게 마른 뒤 꽃대궁이에 흰 솜털이 가득 피어있을 때가 가장 아름답다.

망초꽃은 아기가 소녀가 되고 소녀가 처녀가 되고 처녀가 할머니가 되려 할 때보다 하얀 머리로 세상 떠나려고 기다릴 때가 가장 아름답다. 내가 아무리 아름답다고 해도 저녁 햇살에 하얗게 빛나는 그 아름다움을 말로 다 할 수는 없다. 내 시로도 표현할 수가 없다. 그러니 정말 알고 싶으면 6월 초순 들녘에 가보면 알 수가 있다.

대부분의 꽃들은 피려 할 때 아름답지만 지려 할 때는 아름답지 않다. 더욱이 시들어 떨어지려 하면 그 아름다움이 어디 갔는지 없고 땅에 떨어진 것은 쓰레기보다 지

저분하다. 그러나 망초꽃은 할머니가 다 되어 세상 떠나려고 할 때 가장 아름답다. 땅에 떨어지지도 않고 민들레처럼 어디로인지 바람에 날려 가버린다. 사실 나도 평생을 살면서도 망초꽃이 아름다운지는 몰랐다.

망초꽃은 어디에고 있다. 길옆이나 개울가 밭 둥천이나 산 아래에도 있지만 높은 산에는 없다. 망초꽃은 사람 사는 곳이면 어디든지 있다. 오늘 산책길에 망초꽃을 꽃이라고 꺾어가는 것을 보고 놀랐다. 망초꽃이 꺾어져 시든 채 들리어가는 그 모습이 애처로웠다.

내가 망초꽃을 눈여겨보게 된 것은 의정부에 이사 와서도 한참 지나서였다. 어느 날 주민이 망초를 경운기로 가득 싣고 왔다. 낫으로 베어 온 것 같았다. 내가 무엇 하러 가져왔느냐고 물으니 나물로 먹으려고 가져왔다고 했다. 나는 경상도에서는 소도 먹지 않는 것을 먹는다고 하니 정말 이상했다. 주민은 밖에 솥을 걸어놓고 그 망초를 삶았다. 잘 말려 놓으면 겨울철 반찬으로 좋은 나물이라고 하며 길에 널어 말리는 것을 보면서도 정말 먹을 수 있는 것인지 의아했다.

나는 망초가 사람 사는 곳에만 사는지 몰랐다. 그리고 늦게야 망초꽃도 모여 피면 아름다운 꽃밭이 된다는 것을 알았다. 저녁 어둠이 들 때 가장 아름답고 꽃이 흰 솜털이 되어 세상 떠나려 할 때 더욱 아름답다는 것도 알게 되었다.

백조의 호수

백조 두 마리가 왔다 갔다 한다. 두 마리가 붙었다 떨어졌다 하며 춤을 춘다. 한 마리는 암놈이고 한 마리는 수놈이다. 호수 속에서 숨이 차는지 대가리를 흔들고 다리를 흔들고 수놈이 암놈을 들어 올리기도 한다. 나는 백조의 호수라는 발레가 춤인지 지랄인지 분간이 안 간다. 더욱이 춤추는 두 마리 백조를 두고 궁둥이를 드러낸 백조 무리들이 모이거나 흩어지기도 한다. 아마 모두 두 마리 백조같이 되고 싶어 하는 것 같다. 나는 아직 백조 두 마리가 춤추다 결혼하는 것을 보지 못했다.

백조는 오리과에 속한다. 백조 비슷한 새는 많다. 백로도 있고 왜가리도 있고 황새도 있다. 내가 새 이름을 다 모르니 여기서 다 말로 할 수는 없다. 나는 백조가 거위라고 생각한다. 이마에 혹이 나 있는 것도 있다. 걸을 때는 뒤뚱거린다. 날 때는 엉덩이가 무거워 잘 날지도 못한다. 지르는 소리도 꽥꽥거리며 괴상하다. 사람들은 도둑이 못 들게 거위를 개같이 기르기도 한다.

나는 백조의 호수라는 발레를 볼 때마다 저것들이 왜 저 지랄을 하는지 알 수가 없다. 우리나라는 하얗게 소복하고 춤을 추는 승무 같은 것은 있지만 백조의 호수 같은 것은 없다. 백조는 아무 곳에나 알을 낳는다. 춤을 잘 추는 백조일수록 알을 낳고는 품지도 않는다. 암놈은 암놈끼리 모여 끽끽거리고 수놈은 수놈끼리 모여 꽥꽥거리는 것을 보면 웃음이 나온다. 백조의 호수 춤이 그렇다. 하나님이 왜 그런 것을 만들었는지 참으로 한심한 생각이 든다.

나는 대구 서쪽 낙동강 강정 취수장에 자주 갔다. 금호강이 마지막으로 흘러드는 곳. 다리 아래 내려 한참을 걸어 취수장까지 가서 거기서 다시 모래밭을 거닐었다. 모래 언덕 넘어 작은 초가 마을이 있었지만 거기까지 가지 않고 적막한 모래밭을 거닐며 산 넘어가는 해를 보고 왔다. 나는 거기서 해가 산 넘어가는 것을 보고 난 후에야 집으로 돌아왔다. 낙동강 다시 취수장에는 먼 길을 가다 쉬고 있던 백조가 있었다. 흰 것도 있고 검은 것도 있었다. 내가 가까이 가면 슬금슬금 도망을 가 어둠 속으로 사라졌다. 내가 늦게 집에 오면 언제나 기다리던 아내가 물었다. 어디 갔다 왔어예? 내가 말했다. 해지는 것이 보고 싶어 강가에 갔다 왔다. 흰모래 언덕에 밤 드는 것이 보고 싶어 강가에 갔다 왔다.

나는 우리나라 젊은이들이 왜 백조 같은 춤을 추고 싶어 하는지 모르겠다. 왜 함께 모여 꽥꽥거리고 끽끽거리는지 모르겠다. 나는 우리나라에 왜 쓸데없는 축제가 그리 많은지 모르겠다. 나는 아무리 해도 축제라는 말이 우리에게는 어울리지 않는다고 생각하고 있다. 꽃 축제를 꽃 잔치로 했으면 더 좋겠다고 생각하고 있다. 나는 우리나라 젊은이들이 백조의 괴상한 울음소리를 들어보면 백조의 호수 같은 춤을 추고 싶지 않으리라 생각하고 있다. 언젠가는 축제 때문에 큰일이 날 것 같아 걱정이 된다.

비둘기

산책하고 돌아오는 길에 부용중학교 앞을 지날 때쯤 비둘기들이 따라온다. 한두 마리가 아니고 열다섯 마리쯤 된다. 외국 동화에 나오는 피리 부는 소년같이 피리 소리를 듣고 나쁜 사람들이 줄지어 따라간다는 것이 생각나 웃음이 나온다. 나는 비둘기가 따라오는 것이 반갑기도 하지만 누가 보면 내 모습이 처량하게 보일까 봐 주변을 살핀다.

내가 처음 비둘기와 사귀게 된 것은 부용중학교 옆 작은 근린공원 앞 바위 위에 앉아 쉴 때였다. 비둘기 몇 마리가 인도를 다니며 먹이를 주워 먹고 있었는데 무엇을 주워 먹고 있는지 알 수가 없었다. 혹시 아이들이 먹다 버린 과자 부스러기 같은 것이 있는지 보았으나 없었다. 나는 비둘기들이 몰려다니는 것을 구경하고 있었는데 그중 한 마리가 무리에서 벗어나 혼자 먹이를 찾는 게 보였다. 자세히 보니 발 하나가 잘리고 없는 비둘기였다.

그 후 나는 산책할 때면 주머니에 쌀 한 줌씩을 넣어 갔다. 그리고 매일 쉬는 그 바위에 앉아 먹이를 주며 아픈 그 비둘기가 잘 먹도록 했다. 그런 일이 있은 후 비둘기들은 내가 오면 기다린 듯 몰려들었다.

겨울이 되자 깃털이 부스스한 비둘기 한 마리가 먹이를 먹지 않고 있어 감기 든 것은 아닌가 하고 먹이를 따로 주었다. 내가 걱정하며 먹이를 주어서 그런지 아픈 비둘기는 다 나아 나와 친해져서 내 손바닥에 있는 먹이를 쪼아 먹었다. 그 비둘기는 내가 어쩌다 다른 산책길 개울가를 거닐 때도 혼자 있다가 나를 알아보고 따라왔다. 나는 너무 반가웠다. 아내 떠나고 혼자 외로웠는데 드디어 친구 하나가 생긴 것이었다.

나의 쌀 주머니는 점점 커져갔다. 아내가 있었으면 틀림없이 그만두었겠지만 꾸중할 사람이 없어 다행으로 여겼다. 나는 아들 모르게 조심스럽게 먹이를 훔쳐 날랐다. 그 후 나는 참새도 귀여워 친해지려고 먹이를 주었으나 참새는 내가 주는 먹이를 먹지 않았다. 까치에게도 주었으나 먹지 않고 도망을 갔다. 까치는 초식이 아니고 육식인 것 같았다. 내가 다니는 산책길 옆에는 작은 개울이 있어 겨울에도 떠나지 않고 살고 있는 물오리들이 있다.

내가 새우깡을 흘려보내면 물오리들이 쪼아 먹었다. 그러나 오리들에게 먹이를 주는 것은 그리 오래 할 수 없어 그만두었다. 내가 먹이를 주어도 오리는 야생이라 나와 전혀 친해지지 않았기 때문이다.

나는 비둘기에게 먹이를 주면 벌금을 낸다는 것을 알고 길을 걸으며 조금씩 흘려 주었다. 비둘기들은 내가 집으로 오는 동안 따라오며 먹이를 달라고 졸랐다. 먹이를 주는 것을 그만둘까 생각하다가도 비둘기들의 눈빛을 보면 그만둘 수가 없었다. 집에 못 가게 내 앞을 막아서는 놈이 있고 어깨에 앉거나 뒷짐 진 내 손바닥에 앉는 비둘기도 있었다.

그러던 어느 날 이상하게도 비둘기는 내게 한 마리도 오지 않았다. 어디 갔는지 전봇대 위나 건너편 지붕을 살펴보았으나 없었다. 그 후 부용고등학교 앞을 지나다 보니 담 밑에 쌀이 하얗게 버려져 있었다. 한 번뿐이 아니었다. 누가 나대신 비둘기에게 먹이를 주는지 궁금했는데 알고 보니 길 건너 ONE HAIR라는 미장원 여주인이 먹이를 준다는 것을 알았다. 어느 날 보니 그 여주인이 플라스틱 둥근 통에 쌀을 가득 담고 와서 주는 것을 보았다. 비둘기들은 모여들어 야단이었다. 그 여인의 손에도 어깨에도 앉아 있었고 쓰다듬어도 도망가지 않았다. 그뿐 아니었다. 비둘기들은 미장원 안까지 몰려 들어갔다. 비둘기들은 미장원 안에 손님이 있을 때도 날아 들어갔다. 똥을 아무 데서나 누는지 어느 날 보니 물로 청소를 하면서도 싫어하는 기색이 없었다.

나는 내 친구인 비둘기를 빼앗기고 할 수 없이 그 여인과 서로 인사를 했다. 그 여인은 발에 실이 감긴 비둘기가 있어 벗겨 주었는데 그 후 비둘기들이 몰려들어 할 수 없이 먹이를 준다고 했다. 이웃 주민들이 주민센터에 신고를 몇 번 했으나 그냥 먹이를 준다고 했다. 내가 먹이를 너무 많이 주지 말라고 했더니 쌀 대신 좁쌀을 주었다. 내가 이웃 주민들과 싸우지 말고 잘 지내도록 하라고 하고 내가 길 건너에서 먹이를 조금씩 줄 테니 미장원 앞에서는 먹이를 주지 말라고 했다.

그 후 비둘기는 내가 가면 다시 모여 따라왔다. 이제는 우리 아파트 입구까지 따라온다. 어느 날 보니 손님이 없는지 미장원 여주인이 미장원 앞에 나와서 비둘기에게 먹이를 주고 있었다. 나는 치매를 앓고 있는 어머니와 둘이서 살고 있다는 그 여주인이 참으로 쓸쓸하게 보여 지나는 길에 인사를 하고 간다. 내가 효녀 심청이 같다고 했더니 아니라고 했다. 나는 친구가 된 비둘기를 빼앗겼으나 다행으로 여겼다.

어어이

나는 울고 싶을 때
혼자 산에 간다

산골짝 바위 밑에 앉아
운다

울다가 생각하니
누가 보는 것 같아
바위를 바라본다

산에 가면 언제나
내가 와서 울기를 기다리는
바위가 있다

집에 와서도 자꾸
바라보인다

산을 보고 있으면 거기 어디서
어어이 어어이
누구 부르는 소리 들린다

코

나도 모르게 여자를 보면 코를 바라보는 버릇이 생겼다. 길에 다니는 여자는 물론 TV에 나오는 여자까지. 초등학생부터 할머니 코까지 이상한 코가 너무 많아 나도 모르게 자꾸 쳐다보게 된 것이다. 아무리 보아도 부모가 만들어 준 것 같지 않은 코, 콧구멍이 기차 굴같이 들려있는 코가 있는가 하면 반쯤 허물어져 좁아진 콧구멍도 있다. 콧대가 날 선 칼등 같은 것이 있는가 하면 콧등성이가 콧구멍보다 내려온 망치코도 있다. 어떤 것은 산등성이같이 삐뚤어져 있는 것이 있고 비가 오면 어쩌나 싶게 들리어 있는 것도 있다.

요즈음 여자들 얼굴은 그냥 둔 얼굴이 없는 것 같다. 쌍꺼풀 수술, 입술 수술, 볼에 바람을 넣어 말을 하면 덜렁거리기도 한다. 내가 아는 여인은 얼굴이 정말 아름다웠는데 어느 날 보니 입술 수술을 하여 튀어나오게 하더니 보기 싫게 된 것을 알았는지 옛날같이 다시 하여 나는 참으로 다행으로 여겼다. 내 아내 코는 납닥코였다. 나는 맞선 볼 때 그 납닥코를 보고 결혼했다. 내가 생각한 얼굴보다 못한 납닥코였지만 내가 장남이라 눈을 꾹 감고 못난 얼굴을 택했다. 내가 시를 쓰고 사니 아무래도 세상 살기에는 어려울 것 같아 넙덕한 얼굴에 납닥코인 장모가 이상하게도 안심이 되어 납닥코를 택한 것이다. 선 보는 그날 본 아내 언니의 코도 납닥코였다. 나는 한평생 무엇인가 빈 부족한 모습으로 살았다. 다행히 아내가 말없이 버텨주어 살았는데 납닥코가 딸 넷에 아들 하나를 두고 어느 날 세상을 떠났다. 나는 집 한쪽 담이 무너진 것 같았다. 그러나 다행히 저희 엄마를 닮은 납닥코들이 있어 한세상 잘 지나가고 있다.

 나는 키가 큰 미국 남자의 우뚝 선 코를 볼 때마다 몽고로이드인 우리나라 남자의 작은 코가 부끄러웠다. 그러나 미국 여자의 우뚝 선 큰 코는 보기 싫었다. 나는 우리나라 여자들이 미국 여자같이 자꾸 콧대 수술을 하여 걱정이 된다. 나는 잘나게 보이는 코보다 조금 못나게 보이는 코가 좋다. 나는 우리나라 여인들의 코를 히말라야산맥이나 록키산맥 같은 코로 만들지 말고 마을 뒤 나지막

한 동산 같은 코를 만들었으면 좋겠다고 생각한다.

우리나라 성형 의사들은 왜 예술가가 없는지 모르겠다. 만들어 놓은 여인들의 코를 볼 때마다 화가 난다. 나는 코 수술 후 최종 합격 판단은 나 같은 시 잘 못 쓰는 시인이 하여야 되겠다고 생각하고 있다.

가메루꾸 시메루꾸

'가메루꾸 시메루꾸 구루가메루……' 나는 우리 집 앞 큰길에서 일본 군인들이 행진하며 부르던 그 군가가 좋았다. 물론 가사를 몰라 그 노래가 무엇을 뜻하는지는 몰랐으나 참으로 힘이 있고 호소력이 있어 우리는 그 노래를 따라 불렀다.

오늘 우연히 TV 역사극 속에서 잊고 있었던 옛날 그 군가를 들으며 어릴 적 우리가 따라 부를 만한 명곡이라는 것을 다시 알게 되었다. 가사는 지금도 모르지만 음곡이 그랬다. 그리고 침략자의 군가도 예술가가 만들면 가슴에 오래 남을 만한 명곡이 될 수 있다는 것을 알았다.

나는 살아오는 동안 교회에 다니지도 않으면서 시편에 나오는 시를 좋아했다. 그리고 어메이징 그레이스라는 노래를 가사도 모르면서 음으로만 평생을 불렀다. 대구 지산동 산골짝 외딴 집에 살면서 늦게 퇴근하여 귀가할 때는 수성못 입구 포장마차에서 큰 잔으로 소주 두어 잔 하고 캄캄한 산 밑 논길을 걸으며 그 노래를 불렀다. 나는 그 노래를 멀리 마을 사람이 듣고 하늘이 듣도록 하늘을 향해 불렀다. 효성여대 온실에서 일하면서도 아무도 보는 사람이 없을 때 그 노래를 불렀다. 훗날 그 노래 가사를 우리말로 번역한 것을 보고는 마음에 들지 않아 그만두었다가 그 후 가사가 없는 음으로만 된 테이프를 구해 지금까지 듣고 있다. 나는 어쩌다 영어로 된 테이프 소리를 들을 때도 끝 구절 '아이 씨; 나는 본다' 로 끝나는 것이 좋아 노래 끝은 따라한다.

나는 시를 쓸 때 하늘 앞에 나와 있는 것 같은 마음으로 쓴다. 그러니 내 시가 시 같을 리 없다는 것을 알고 있지만 지금까지 시 같지도 않은 시를 쓴다. 아내 묘 앞에 있는 묘비에도 「아아, 알고 보니 이 적막도 주인이 있어 내 것이 아니고 하늘의 것이구나」라고 미리 써 놓았다. 그러나 우리 뭇자리 위에 기독교 신자가 써 놓은 '여호와는 나의 목자시니 내게 부족함이 없으리로다. 나로 하여금 푸른 풀밭에 눕게 하시며 잔잔한 물가로 나를 인도하시도다' 라는 시가 내 시보다 좋아 산소에 갈 때는 그 시를 꼭 읽어보고 온다.

가메루꾸 시메루꾸 구루가메루라는 훌륭한 군가는 우리나라에도 있다. '전우야 잘 잤느냐, 지난밤 꿈속에서'라는 군가다. 훗날 강원도에서 공무원으로 근무할 때 고생하는 공병대원들이 행군하며 부르는 그 노래를 귀 기울여 들었다. 아내도 그 노래가 좋은지 아이를 업고 나와 그 노래를 들었다. 나는 누군지 모르지만 그 노래 가사는 시인이 썼다고 생각하고 있다.

내가 우리나라 군가 중 싫어하는 군가는 '화랑 담배 연기 속에 사라진 전우야'라는 노래다. 내가 담배를 피우지 않아 그런지는 모르지만 아무리 생각해도 전쟁을 하면서 왜 담배를 피우는지 모르겠다. 담배를 피우면 담배 냄새가 나 적군에게 발각될 우려가 있고 밤에는 담뱃불이 몇십 리 밖에서도 보인다는데 왜 담배를 피우면서 전쟁을 하는지 알 수가 없다.

좋은 노래가 참으로 많다. 군가라고 왜 좋은 노래가 없으랴. 나는 훌륭한 음악가들이 가슴에 오래 남을 수 있는 명곡 군가를 많이 만들면 좋겠다고 생각한다.

안 먹고도

안 먹고도 살 수는 없을까
자꾸 그런 생각을 한다

산속에 혼자 사는 스님같이
언덕에 서서
바람만 먹고 살 수는 없을까

나는 어릴 적부터 젖 먹는 것이
싫었고
숨 쉬는 것도 싫었다

나는 먹어야 살 수 있다는 것이
싫었다
살아갈수록 나 때문에 죽어간 것들에게
미안했다

오랜 세월이 흘렀으니
이제 산속에 바람만 먹고산다는

그 스님을 찾아가 봐야겠다
굶어 죽지 않았으면 만나볼 수 있으리라
생각하고 있다

아마 살아 있을 것이다
여위어 있어도
살아있으면 좋으련만

비

빗속에 가는
산골짝 첫 버스에는 아무도 없다

버스 안에
불빛만 화안하다

휴교 중인
초등학교 운동장 앞을 지나고

기다리는 사람 없는
정류장을 지나간다

어디로
실어 날랐는가

해가 갈수록 적막해지는
산골짝 빗속에 젖어 있는 집들

산골짝 첫 버스는
어두운 산속에서 나와

다시 비 내리는 어두운 산골짝
빗속으로 사라진다

고인돌

대구 수성들에도 고인돌이 있었다. 한두 개가 아니고 10여 개가 있었다. 수성 들녘을 개간하면서 모아둔 돌무더기와 함께 있었다. 보리 곡식, 나락 곡식에 가려 안 보일 때도 있지만 가을걷이가 끝나면 빈들에 고인돌이 훤히 보였다. 오랜 옛날 수성못 아래에도 사람이 살아 돌무덤 같은 것도 있었다. 모두 어디 갔는지 알 수 없지만 상동, 중동, 하동에는 고인돌의 후손들이 살고 있었던 것이다.

내가 중학생일 때도 황천동이 있는 산 쪽으로 난 들길 끝에는 커다란 함석지붕집 한 채가 있어 저녁이면 자려고 몰려온 참새들이 측백나무 울타리에 모여들어 시끄러웠다. 누가 고인돌이 있다고 황천동으로 이름 지었으나 이름이 이상한지 지금은 황금동으로 바뀌었다.

그 후 고등학교에 다닐 때쯤에는 도시계획으로 집들이 들어서고 길이 새로 나고 사람들이 모여들어 내가 소쿠리로 도랑에 고기 잡던 수성들은 커다란 도시로 변했다. 그리고 집 사이에 있던 고인돌도 차츰 안 보이게 되었다.

대구 근교에도 고인돌이 있었다. 서쪽으로 달성군 인적드문 들녘에도 있었고 대구역 앞 공회당 옆에도 커다란 고인돌이 하나 있었다. 내가 마지막으로 본 대구 고인돌은 옛 정화여고 길 건너 바지락칼국수 집 마당에 있던 고인돌이다. 버스를 타고 지날 때마다 그 고인돌을 보며 오래도록 거기 있기를 바랐지만 어느 날 보니 그 고인돌이 어디로 갔는지 보이지 않았다.

훗날 아내와 강화도에 갔을 때 고인돌을 모아놓은 곳에 가 보았는데 아무래도 옛날 고인돌 같지 않았다.

나는 수성들 아래 신천이 흐르는 강변 수성구 하동에서 태어났다. 언젠가 저녁 무렵 집들이 들어찬 낯선 골목길을 지나다 풀벌레 우는소리에 놀랐다. 풀벌레들은 옛날 들녘에서 울던 풀벌레보다 더 높은 소리로 울고 있었다. 집 뒤안이나 하수도 근처에서 우는지는 알 수 없었지만 옛날 풀벌레 후손들이 우는 것 같아 무서웠다.

아들이 안성에 있는 중앙대학교 예술대학 산업디자인과

에 들어갔을 때의 일이다. 마지막 면접시험 때 시험관이 아버지가 무엇 하는 사람이냐고 물었는데 아들이 서라벌 예술대학 문예창작과를 나온 시인이라고 하자 아버지의 시 한 편을 읽어보라고 하여 내가 쓴 시 「고인돌」을 읽었다고 했다. '여기 돌 밑에 사람 있다. 말 안 하고 만 년을 살았다' 라는 시인데 아들이 그 시를 어떻게 알고 있었는지는 아직도 모른다. 나는 지금도 그 시 때문에 합격한 것은 아닌가 생각하고 있다.

사람 사는 곳에 무덤이 왜 없을까. 어릴 적 묘사 지낸다고 범어동 뒷산에서 서쪽 대구 끝 상인동 산골짝까지 걸어 다녔다. 그때는 버스가 없었다. 한 사흘 다니면 언제나 몸살이 나 앓아누웠다. 나는 그때 들녘에서 본 고인돌이 잊히지 않는다.

가을이면 풀벌레들이 운다. 타향 의정부 산에도 아파트 뒤안에서도 운다. 나는 그 울음소리가 옛 고인돌 아래 있던 사람들의 울음소리로 들린다.

아기

세상에서 아기만큼 소중한 것은 없다. 집에 있어도 소중하고 밖에 나와 있어도 소중하다. 날 보고 고개 까딱여 인사하는 것이 귀엽다. 엄마가 할아버지에게 인사하라고 하니 다시 한번 머리 숙여 인사한다. 나는 엄마가 고맙고 어린이집 보모가 고맙다. 그렇게 잘 가르치니 우리나라 앞날은 걱정할 것이 없을 것 같다.

아기들은 들녘에 핀 아름다운 풀꽃 같다. 나 보라고 피어 기다리고 있다가 나 보고 반가워하는 풀꽃 같다. 나 보았다고 바람에 흔들리며 좋아하는 풀꽃들. 나는 그 곁을 지나며 보듬어 안아주고 싶으나 다칠까 봐 못 안아준다.

내가 다니는 산책길 옆 개울에도 어미 오리가 새끼 오리를 데리고 다닌다. 병아리보다 작은 새끼를 세어보니 아홉 마리다. 잘못 세었나 다시 한번 세어보아도 아홉 마리다. 안아주고 쓰다듬어주고 품어주고 싶지만 어미가 만지지 말라고 하는 것 같아 못 안아준다. 나는 오늘 새끼 오리 본 것만으로도 행복하다.

세상 만물의 어미는 새끼를 낳아 기른다. 소도 새끼를 낳아 기르고 염소도 새끼를 낳아 기른다. 큰 나무 아래 떨어져 자라는 새끼 나무들도 어디 옮겨주고 싶으나 어미나무가 만지지 말라고 하는 것 같아 그냥 두고 본다.

놀이터에 놀러 온 아기들 사진을 보모들이 찍는다. 줄지어 다니며 선생님의 말을 잘도 듣는다. 아침마다 노란 차가 와서 실어 가고 저녁이면 엄마들이 나와 기다리다 데리고 간다. 그래서 나는 안심한다. 엄마가 고맙다. 세상에 엄마가 있어 안심이 된다.

나는 남자들이 왜 여자에게 잘해주지 못하는지 모르겠다. 여자가 없으면 사람이 없는데 여자를 왜 평안하게 못해주는지, 보살펴 주지 못하고 고생을 시키는 병신 같은 남자가 있다는 것이 부끄럽다. 잘못한 일이 있어도 용서해 주면 좋겠다고 생각한다. 아기를 낳아 기르는 소중한 어머니가 아닌가. 세상에는 엄마의 사랑 없이는 아무것도 이루어지는 것이 없다는 것을 나는 안다. 이제 나 같은 것은 없어져도 아기는 있어야 한다고 생각한다. 좋은 세상 살게 잘 길러야 한다. 인사 잘하는 아기를 안아주고 싶다. 안아주고 싶어도 다칠까 봐 못 안아준다. 나는 엄마가 된 세상 여인을 사랑한다. 아무리 생각해도 고맙고 또 고맙다.

북한 무인 드론기

참으로 한심한 생각이 든다. 2m밖에 안 되는 북한 드론을 잡는다고 최신 공군 비행기가 편대로 나서 따라다니면서 100발을 쏘고 한 발도 맞히지 못했다니 참으로 한심한 생각이 든다. 나는 아무리 정예 비행사라도 조그마한 드론을 단발로 맞힌다는 것이 어려운 일이라는 것은 알고 있지만 그래도 서울 하늘을 일곱 시간 휘젓고 다니는 것을 그냥 보냈다는 건 아무리 생각해도 이해할 수가 없다. 더욱이 무인기 드론을 보고 경고 방송을 했다니 무엇을 어떻게 했는지 웃지 않을 수가 없다. 언제나 당하고 난 뒤에 허둥대는 꼴을 보는 것도 한두 번이 아니라 이제는 또 당했구나 하는 분노도 생기지 않는다. 북한 드론이 서울 하늘을 날아다니는데 총을 쏜다는 것은 있을 수 없는 일이라는 것을 누구나 알고 있다. 그러니 북한 드론이 한꺼번에 수백 대씩 세균이나 폭탄을 싣고 날아온다면 어떻게 할 것인지 무슨 퇴치 방법이 있는지 모르겠다. 서울을 옮길 수도 없고 다시 고스란히 당할 수밖에 없는 것이 현실이 아닌가 생각된다.

레이저 총을 발명한다고 하지만 아직 미국도 만들지 못

한 것을 우리가 만들어 사용할지는 의문이고 레이저 총을 만들어도 단발로 맞춘다는 것은 실효성이 없을 것 같다는 생각이다.

어떻게 할 것인가. 내가 혼자 고심하다가 한 가지 방법을 발견해 냈다. 산탄총을 만들면 되겠다는 생각이 들었다. 포수가 꿩이나 새를 잡기 위해 들고 다니는 총 같은 것을 조금만 더 개량하면 되지 않을까 생각했다.

산탄은 공중에서 파편이 되어 떨어져 지상에 별 피해가 없을 것이고 누구나 들고 다니면 드론 같은 것은 쉽게 잡을 수 있다는 생각이 든다.

나는 북한이 드론 다섯 대를 날려 보낼 때 왜 오십 대를 북쪽으로 날려 보내지 못했는지, 북한이 연평도를 포격할 때 왜 북한 포대를 초토화하지 못했는지 알 수가 없다. 언제까지 당하기만 하고 허둥대기만 해야 하는지 알 수가 없다. 나는 우리나라 군인 중 그런 일이 일어났을 때 백 배로 갚는 군 지도자가 왜 없는지 알 수가 없다.

나는 북쪽이 드론을 날려 보냈으니 우리도 그만두었던 대북 방송을 다시 하고 삐라도 날려 보내어도 되겠다고 생각한다. 무엇을 망설이는지 알 수가 없다.

북한 드론이 날아온 뒤 공중에 나는 새떼나 풍선을 보고 비행기가 출동을 하고 방공훈련도 한다고 하니 한심한 생각이 들 뿐이다. 다행히 나 같은 것이 산탄총으로 해결할 수 있겠다고 생각하였으니 할 수만 있으면 빨리 한번 만들어 시험해 보면 어떨까 하고 기다리고 있다.

추락시킬 방법은 또 있다. 헬기에서 직접 산탄총을 쏘거나 북한보다 더 빠른 드론을 만들고 드론에서 산탄총을 발사하는 것이다. 생각할수록 답답한 생각이 들어 다시 더 좋은 방법이 있는지 생각해 보려고 한다.

비

장마가 와서 그런지
공동묘지에 우는 사람 없다

구름에 잠긴
수락산 북쪽 개울가 비 속에
오목눈이 새떼
모여 우는소리 들린다

비 온다
오늘은 세상 살다 가버린
사람들이 보고 싶다

잠 깨어 보니

오늘 아침 잠 깨어 보니
세상에 온 것
모두 너무 멀리 온 것 같다

산도 들도 나무도 사람도
너무 멀리 와
너무 오래 산 것 같다

떠나온 지 오래되어
쓸쓸하게 보인다

잠 깨어 보니
이 세상이 어디서 온 것인지
어디로 가는지 모르는 것뿐이다

말도 못 하는 것들
모두 너무 늙어
쓸쓸하게 보인다

우습다

우습다
왜 바닷속에 있던 것이 올라와
산이 되고

땅 위에 있던 것이
바닷속에 있는지

바닷속에 들어가
숨어 있는지

우습다
왜 바닷속에 있던 것이
산이 될 때 따라 나오고

땅이 바닷속에 들어갈 때
따라 들어갔는지

까치 한 마리

까치 한 마리가
길 건너다 차에 치여 죽은 줄 알았다

고양이 한 마리가 와서
냄새를 맡고 있었다

내가 가자
고양이는 절름거리며 도망을 갔다
앞발 하나가 없었다

가까이 가서 보니
죽은 것은 까치가 아니고
새끼를 밴 고양이였다

사람들이 보고 지나갔다
어떻게 할까 망설이다
고양이를 주워 길 옆에 두었다

고양이는 머리 한쪽이
반쯤 으스러져 있었다

나는 뜨고 있는 한 쪽 눈에서
저승이 먼 곳이라는 것을
다시 한번 보았다

도망갔던 발 하나 없는 고양이가
길 건너 가로수 밑에서
나를 보고 있었다

석남사 도토리

2023년 02월 20일 초판1쇄 발행
지은이 이문길 **펴낸이** 김성민 **기획위원** 장옥관 **편집디자인** 김경자

펴낸곳 도서출판 브로콜리숲 **출판등록** 제2020-000004호
주소 41743 대구광역시 서구 북비산로 65길 36, 2층 **전화** 010-2505-6996 **팩스** 053-581-6997
홈페이지 www.broccoliwood.com **인스타그램** broccoliwood_ **전자우편** gwangin@hanmail.net

 ISBN 979-11-89847-53-1 03810